Jens Korbus

Zwei Erzählungen

Mela, Witkowski und ich
Argonautin

AF219674

Die Deutsche Nationalbibliothek verzeichnet diese Publikation in der Deutschen Nationalbibliothek; detaillierte bibliographische Daten sind im Internet über http://dnb.d-nb.de abrufbar.

Umwelthinweis:
Dieses Buch wurde auf chlorfrei gebleichtem Papier gedruckt.

© 2022 Jens Korbus
Herstellung und Verlag:
BoD – Books on Demand, Norderstedt
2. Auflage
Layout und Cover: Manuela Wirtz, www.manuwirtz.de
Coverbilder oben: Das Argóschiff, Gemälde von Lorenzo Costa
d. Ä. (16. Jh.)
unten: Historischer Kupferstich von Jason und die Argonauten
Wikimedia commons, gemeinfrei
Printed in Germany
ISBN 9783756237531

Jens Korbus

Zwei Erzählungen

· Mela, Witkowski und ich
· Argonautin

Mela, Witkowski und ich

Ich saß am Fenster und sah hinaus. Das Zimmer war völlig leer, auf die gescheuerten Dielen fiel das diffuse Nachmittagslicht eines wolkigen Tages.
Volker Erbes, Die blauen Hunde

1 Plato

Auf dem Foto war nur ein Mann im Klepperman-
tel zu sehen. – Das musste der Großvater von
Witkowski gewesen sein, von seiner Frau fotografiert.
Daneben ein Straßenarbeiter mit einer Spitzhacke und
im Hintergrund die zerschossene Stadt Warschau. Was
hatte Witkowskis Großvater zusammen mit seiner
Frau kurz nach dem deutschen Überfall nach Warschau
getrieben? – Vielleicht Kriegs-Sightseeing? – Es kamen
ja einige, die den deutschen Sieg bewundern wollten! –
Kriegstouristen. Dabei wusste der Großvater von Witkowski gar nicht, ob er Pole war oder Deutscher. – Kein
Wasserpolacke, sagte er, denn seine Eltern lebten damals
in Pultusk im Kreis Zichenau. Witkowskis Großvater,
in der polnischen Administration tätig, hatte gerade
einen Blinddarmdurchbruch hinter sich gebracht (sechs
Wochen mit einem Schlauch im Bauch im Krankenhaus
Pultusk) und wollte nach seiner Genesung etwas sehen.
– Wo waren die anderen Abzüge geblieben? Auf einem
Perutzfilm waren immer zwölf Aufnahmen.

Witkowskis Schwester Mela hatte gute Antennen
zu anderen Menschen. – Ob sie etwas fragte, ihr Haar
bürstete, eine Scheibe Brot abschnitt oder Konversation
machte. Ich sprach mit ihrem Bruder über Wittgenstein.

Warum hatte Wittgenstein Witkowski so angezogen? Wittgenstein war Österreicher. Selbst als er seinen
ganzen Reichtum und auch sein Erbe verschenkt hatte und Volksschullehrer wurde, sah man auf ihn herab.
– Witkowski war sich sicher, dass er Wittgenstein vollkommen verstanden hatte. Am besten die *Philosophischen*

Untersuchungen! – Das *Sprachspiel* sei kein Spiel, sondern eine Verwringung! Darum versuchten die Leute allerlei Intrigen, um in der philosophischen Halbwelt ein wenig vorzurücken. Jede Philosophie sei die Philosophie des jeweiligen Menschen und seiner Lerngeschichte. – Und Kant? – Kant war für Witkowski der Größte überhaupt.

Witkowskis Schwester hatte Ethnologie studiert. Eigentlich wollte sie gar nicht wissen, was in Menschenköpfen vorging. Menschen, die das wissen konnten, hatte sie sich in ihrem privaten Umfeld besorgt.

Witkowski hatte einige Romane angefangen. Erst später schrieb er seine Innensicht-Romane, die noch weiter gingen als *Finnegans Wake*. Witkowski hatte die Verbindung von klangmusikalischer und szenischer Kreativität versucht. Er müsse aber auf jeden Fall verhindern, dass seine Romane die Grenzen des Fassbaren überschritten.

Witkowski zitierte Hegel auf Englisch: *To say anything is to risk annihilating your interity.* Als ich antworte: „Ein gesprochenes Wort sagt doch nie, was es meint", schrie er mich an: *„Plato said, a philosopher betrays himself by putting his ideas into words!"*

„Was sollen wir denn überhaupt machen?" fragte ich.

„Denkt deine Schwester auch so?".

„Jede Frau", sagte er.

„Mit Philosophie kommst du nicht weiter", sagte ich.

Er zitierte Joyce: „Ein paar Nasse freiweg, die ganze Unaussprechlichkeit zeigend! – Die findet ihre Erlösung höchstens im Abwasserkanal." – Er hatte Finnegans Wake mindestens dreimal gelesen.

„Deine Vorfahren?" fragte ich.

Witkowski sagte: „Friedrich Kosinski, am 22.2.1852 geboren, am 16.5.1921 gestorben. Wurde nicht mal fünfzig Jahre alt. Mein Urgroßvater, Maurergeselle Johann Skonetzki. Heiratete Henriette Friederike Doliva, die von 1866 bis 1922 lebte. Die Mutter meines Vaters war Emma Jelinski, die einen Wegemeister namens Wasilewski heiratete, und in zweiter Ehe meinen Vater. Sie und ihre fünf Schwestern stammten von den reichsten Großbauern Polens ab und bekamen alle eine Mitgift von sechstausend Zloty in Gold, die der Heiratsvermittler allesamt verjubelte."

An Wasilewski konnte er sich noch erinnern. Der hatte mit seiner niedrigen fliehenden Stirn und seinem tiefsitzenden, pelzigen Bartkoteletten etwas Affenhaftes, wenn er das Kinn nach oben drückte und es auf das kragenlose Vorhemd drückte, er schweigend aufblickte oder gar nichts sagte. Dann wurde Emma immer ein bisschen kalt. Wasilewski hatte sich von der grandiosen Mitgift ein Hochrad gekauft. Er fuhr durch Pultusk wie ein Äffchen auf einem hohen Kamel. Wenn die Leute lachten, bespuckte er sich von oben mit dem Pfriem und schrie: „Alle nach Hause!" Er reite jetzt auf einem Cyclette. Er sprach es „zühklefte" aus. Kätner wollte Zwölfender sein.

Er sprach im Ton von Finnegans Wake weiter: „Ich hab 'ne Schicksalserkrankung gekriegt, und dann hat sie eine gekriecht! – Ich scheriwankte sehr, ohne sie geht auch wie ich! – Ihre Kräbbsfälligkeit, sagte Goethe zu sehr ärnst geblieeben, der Frow! – So endet die also! Hatt vielleicht nidderich gehandelt – sowas hab' ich noch niersmeal gehört. Irrzähl mir meer. – Giept keine grüssere Möglichkeit zu tauschen, als mit Zahlen. Sällbstbewusstein hasst Teuschen und Hüpnotisieren. Ich bin kein

Praal-Hannes (liebte sie mehr, als sie nicht wusste). – Ich liebrido sie so, dieses schnüttke, grosse Merdel! – Hinwäch mit Euch, alle Ann-der-en!

[Gott, en Gott, sowatt hat se fettichgebracht!]

Lüstig zu hätscheln ihr Verbergerche. Gans bistimmt! Mädel nochmaal diese syle Luft fealen! – Fricken und Ruhdern! – Es ißt un-ättische, 'ne Krance frön zu verliesen, abber sie hatt mich mit ihren frächen Tuage dazu getwungen! – Biß zum Schluss!

Damit man mier den Schwech-link nicht an-märckte, habb ich miech tatoo-wir-an lassen!"

„Sprüch noch-mah wie Finnegan", sagte ich. – „Um nicht zu schweingen, sagte er! – Meine Schwätzler: Man kann gut mit ier flöhrta. – Die Menner pe-trachteten sie miss-trau-dich! – Mach wo, mach wie mach weiter! – Was meinzt du, du Ganz? Kainesphalls giersündigt!

Diese Unheil-Stiftern! – Irrzält es saufort weiter. – Sie vasteht im Grunze nix von sisch!

Sponn-thann Verhallten hörbeitwingen! – Sie hatt immer gethinkt, sie findet noch was Bäßeres! – Mann kann mit Där nix zu toon haben, ohne belongen zu wärden! – Ich kann die der Qui ecklären!

Pfaine Darme von obin bis untiern!

Elegtrifickzierte Männer!

Bin nicht mehr der-sälbe! – Habb 'ne totale Persönlichkeitsverformung hinter mir!"

„Ich bin aufgewacht, wie der scheintote Finnegan", sagte Witkowski, „auch durch den Whisky"

„Geträumt, gelallt, phantasiert!"

2 Hotel California

Ich war Mela zum ersten Mal in Düsseldorf beim Pferderennen begegnet. Wir hatten beide auf Hanselmann gesetzt und kamen darüber ins Gespräch. – Kurz danach waren wir im Hotel.

Sie hatte mir erzählt, sie sei von kalten Eltern gezeugt worden und habe früh gelernt, für jeden Menschen eine neue Maske aufzusetzen. Manchmal habe sie das Gefühl, einen Chip im Hirn zu tragen.

Ich lernte durch sie ihren Bruder, einen berühmten, reichen polnischen Schriftsteller, kennen. Witkowski kam aus Polen, aus Putulsk, einem kleinen Nest im Norden. Die Nazis hatten nach dem Überfall den nördlichen Zipfel Polens abgetrennt und zum Reich geschlagen. – Im restlichen Polen kam es zu Pogromen, Übergriffen und zum Völkermord. Auch sein Großvater geriet in Pogrome. Witkowskis Großmutter hatte mit siebzehn geheiratet, ihr Mann war einundzwanzig, und nach New York gekommen, wo Witkowskis Großvater einen Friseurladen aufgemacht hatte. Die Namen Hitler und Roosevelt begleiteten sie durch ihr Erwachsenenleben. – Auf den zwei Fotos, die er auf dem Speicher gefunden hatte, ist sein Großvater bleich und dünn. Er steht vor seinem Barbershop im weißen Kittel, und seine Frau steht, einen Kopf kleiner als er und mit wulstigen Lippen, neben ihm.

Eines ihrer beiden Kinder war Witkowskis Vater. Eine freundliche Nachbarin verhalf ihm zu einem staatlichen Intelligenztest, und so rückte er in der Schule nach vorne und studierte. – Witkowskis Vater arbeitete sein ganzes Leben lang bei General Electric und hätte seinen Sohn dort auch gerne gesehen. Doch den hatte es früh zu den Büchern gezogen, so kam er nach Deutschland, erst arm, dann reich. Er trank gerne einen oder zwei *Jim Beam*, was zu einer Affäre mit seiner Sekretärin führte. Witkowski ging nach Deutschland, ohne zu wissen, wovon er leben sollte. Später erbte er.

Er hatte eine Landkarte von Ostpreußen auf dem Boden ausgebreitet, und ich fuhr mit dem Zeigefinger auf der Karte hin und her!

„Da ist Pultusk", sagte er, „die Nazis hatten es in Ostenburg umbenannt! – Die ältesten Vorfahren meiner Familie kommen vom Schwarzen Meer! – Eine meiner Ur-Ur-Ur-Uromis hieß Katharina Kaikowna! – Aber sie ist lange tot."

„Tot?" rief aus dem Nebenzimmer Mela, „ich kenne keinen Tod!"

„Dann gibt's auch keine Auferstehung", sagte ich.

„Über den Tod hinaus", erwiderte sie.

Bei Gesprächen oder Diskussionen zog Mela einen recht bald in Detailfragen hinein. Es waren lauter Nebensächlichkeiten, mit denen sie vom Grundproblem ablenkte.

Einmal fuhren wir mit ihrem Jaguar in eine nahe Pinte und sangen Finnegans Lied, die schöne irische Ballade, in der der Ziegelträger Tim Finnegan vom Whisky aus dem Totenreich zurückgeholt wird. Ziegeleien hatte es in Witkowskis Geburtsstadt Pultusk auch gegeben. Über den Kneipenwirt, seine Frau, seine Tochter und seine zwei Söhne wurde viel gelallt, geflunkert und gesungen. Gedanken, Träume und Songs waren frei von Politik. – Oder nicht? Durch unser Zimmerfenster sahen wir den Rasen draußen.

Mela hatte lackierte Fingernägel, und war mit ihren fünfundvierzig Jahren eine Schönheit. – Man brauchte sie sich nur in einem ihrer Samtkleider vorzustellen.

Sie mochte ihren Jaguar nicht. – Sie fuhr am liebsten mit ihrer roten Elektrovespa.

Witkowski sagte einmal: „Wenn meine Schwester sagt: „Ich schlafe schlecht", soll ich schlecht schlafen! – Halbdinge! Sorgfältig hingelegt! Heute Nacht hatte ich einen schweren Angsttraum. Der Traum bewegte sich vorwärts durch das schnelle Lügenkönnen von Bewusstsein und Unbewusstem. Man kann im Traum in kürzester Zeit eine Lügengeschichte produzieren. Ich habe das Geheimnis meines Traums nur durch Selbstbeobachtung gelöst! Wenn der Traum nicht ausreicht, bleibt uns noch die Philosophie. Wittgenstein hat 1918 gesagt: *Wir könnten nämlich von einer „unlogischen" Welt nicht sagen, wie sie aussähe.* Das hat mir besonders gut gefallen. Endlich mal einer. *Im Satz drückt sich der Gedanke sinnlich wahrnehmbar aus.* Aber das ist auch eine Täuschung."

„Man kann sich nicht erlauben, allen alles Wissen mitzuteilen", sagte Mela einmal. – „Das sagt Goethe auch", erwiderte ich. Sie blickte auf ihren Bruder, ob er auch etwas mitzuteilen habe. Der sagte: „Die meisten wissen gar nicht, was Politik ist und wovon sie abhängt. Ich meine die Drähte, die im Hintergrund gezogen werden. Was der Mensch ist und dass der Mensch gleichzeitig gut und böse ist. Dass die Beziehungen alle Mathematik und ihre Verzifferungen fluten und dass es keiner merkt. Es sind verborgene, hinterhältige, kleine machiavellistische Schachzüge." Er war sich seiner ganz sicher. – „Wer erinnert sich noch an Keynes, der ausschließlich für den Kreis seiner Vertrauten schrieb. Keynes machte Richard Wagner für den Ersten Weltkrieg verantwortlich."

Mela schlug die Beine übereinander und zeigte ihre schönen, strammen Waden. Eine Grande Dame nach osteuropäischem Vorbild. Es war klar, dass sie Polen als ihre Heimat betrachtete. Aber wie konnte man jemand wie *Cioran* lesen. Sie zog die Beine auf ihren Sessel. Sie konzentrierte sich auf ihre Hexerei. Es schien, als würde sie meine Aberrationen erraten. – Daphne wurde *ravished* und danach zum Baum!

3 So gut wie weg

*A*b und zu kam sie durch die Tür, setzte sich aufs Sofa und begann zu reden. Sie fühle sich wie Charlotte von Stein, bevor Goethe nach Italien geflohen sei. Charlotte von Stein habe genauso gern Kaffee getrunken wie sie, nur deshalb sei sie drei Jahre älter geworden als Goethe. Ich stellte mir Charlotte von Stein erst in ihrem Salon vor, dann unten vor ihrer Haustür, wo man sich unter blühenden Orangenbäumchen zum Tee, natürlich auch zum Kaffee traf. Carl August kam vom Schloss, seine Frau Luise, ab und zu Knebel (wenn er gerade im Lande war), und man beredete die politischen, aber auch die Tagesereignisse. Charlotte wusste über alles, was sich im Herzogtum tat, Bescheid. Kaffee war teuer und galt als schädlich. Goethe warf ihr nach seiner Rückkehr aus Italien übermäßigen Kaffeegenuss vor. – „Mein Gott, die Kaffeepflanze", sagte Mela, „es gibt sechzig Arten, Sträucher und vier bis sechs Meter hohe Bäume." – Die kirschenähnlichen Früchte enthielten den Samen, die späteren Kaffeebohnen, die nur noch geröstet zu werden brauchten. Mein Gott, wie sie den arabischen Kaffee möge. Ob Charlotte die Bohnen selbst gemahlen habe? Der Kaffee sei damals natürlich aus Brasilien gekommen, enthalte fettes Öl, Zucker und Gerbstoffe. Heute wusste man überhaupt erst, wie gesund Kaffee sei und sich auf ein langes Leben auswirke. Sie blickte auf die große silbergraue Kaffeemaschine, die man in der Küche sah, und bat um einen starken Espresso. Aber sofort! Charlotte genoss ihn nicht schwarz, sondern mit Rahm von ihren eigenen Kochberger Kühen. Goethe, der zum Frühstück

nur Weinsuppe aß, hasste alle Kaffeetrinker. Er behielt
es für sich, bis er sich in Italien freigeschwommen hatte. Trotz allen Goethischen Querulierens hielt Charlotte
bis zum Tod an ihrem Kaffee fest. Genauso wie an ihren
Spitzhunden, die sie alle Lulu nannte.

Weiß gekleidet, saß Charlotte unter den Orangenbäumchen vor ihrem Haus. Sie war viel gesünder als
Goethe, obgleich sie öfter krank war als er. – Mela sagte, wenn Charlotte heute noch lebte, wäre sie ihre beste
Freundin geworden. Imhoff, der Mann ihrer Schwester,
der lange in Indien gewesen war, hatte sie en miniature
gemalt. Hübsch, unscheinbar und ein bisschen spitzmäu-
sig. Mit Pony und einem Reif, der ihr Haar nach hinten
schob. „Sie hat überaus große schwarze Augen von der
höchsten Schönheit", hatte ihr Badearzt Johann Georg
Zimmermann aus Bad Pyrmont an Goethe geschrieben.

Witkowskis Kaffeemaschine piepste, und wir tranken den Espresso zu dritt. Ich kippte mir natürlich einen
gehörigen Schuss Milch hinein. – „Ich stelle mir Charlotte von Stein vor, wie sie graziös auf einem dieser Empire-
stühlchen sitzt, das Empire begann ja erst, und vielleicht
mit abgespreiztem kleinem Finger ihre Gäste bewirtet",
fuhr Mela fort. Es muss eine intime Atmosphäre gewesen sein, und Charlotte kontrollierte mit ihren Blicken
alles. Auch Goethe, wenn er einmal dabei war. Nach dem
Bruch 1788 kam er ja nicht mehr so oft.

„In Polen wurde auch viel Kaffee getrunken", sagte
Witkowski. „Meine Mutter mahlte ihn noch selbst, die
Mühle zwischen den Röcken und die Schenkel zusam-
mengepresst. Nach dem Kaffee gingen wir oft spazieren.
Die Landschaft um Pultusk herum war flach. – „Mein
Gott, Charlotte von Stein und der Kaffee, wie uns das

verbindet!" seufzte Mela. Sie hatte uns oft gesagt, falls es mit ihrer Schönheit einmal zu Ende ginge, würde sie sich einer Schönheitsoperation unterziehen. Mela ging ungeschminkt nicht unter die Leute.

„Die unteren Stände haben sich allerdings Kaffeeersatz aus der Gemeinen Wegwarte bereitet", sagte Witkowski. – „Ich kann mir Charlotte am Ende doch vorstellen, im Kleid mit einem weiten, knöchellangen Rock, das Oberteil enganliegend, die Ärmel weit. Draußen wird sie vielleicht sogar einen Schutenhut getragen haben. Am Ende trug sie sogar einen Reifrock. Die Revolutionstracht, Rock und Jacke, wird sie nie angelegt haben. Goethe hätte das Ganze nicht mitgemacht, wenn er nicht gewusst hätte, dass Weimar eine Chance ist."

Mela war genauso gebildet wie ihr Bruder. Witkowski sagte:

„Sie wollte meine Gedanken wissen. Ich konnte es nicht auf den Punkt bringen. Ob Homöopathie Wissenschaft, Scharlatanerie, Betrug oder Placebo war." – Mela erwiderte, sie brauche einen *swat*! – Sie war zu *chytry*! – *Jestem* Witkowski!

Polska to nasza ojczyzna!

Zu mir gewandt, sagte er: *„Mela urzadza mieszkanie, ciagle cós przestawia!"*

Ich konnte einigermaßen polnisch. Witkowski hatte es mir ja selbst beigebracht. Ich betrachtete seine polnischen Worte als Übersprungreaktion, um mit Melas Gebaren fertig zu werden. – Ich hatte es in Melas Manie, die Möbel umzustellen, auch schon zu spüren bekommen.

„Jedes Wort, das sie ausspricht, ist paradox", fuhr Witkowski fort, jetzt nicht mehr auf polnisch, „wenn du mit Mela zusammenwohnst, wirst du kreativ! – Ob du willst oder nicht! Sie ist so schlau! Mela wusste schon mit dreizehn Jahren mehr als ich mit fünfundvierzig! Sie arbeitet mit Willen. – Man darf nicht in ihren Räumen mit ihr argumentieren. Da hat sie die Mehrheit, auch wenn sie allein ist. Natürlich kann ein Einzelner die Herde unterdrücken", beendete Witkowski seine lange Rede.

Er sagte noch: „Schreib was über mich!"

„Tue ich doch schon", sagte ich.

„In Polen kann einem nichts Besseres passieren", sagte er, „als Ausländer zu sein. Ich spreche auch sorglos, das kommt der Mentalität der Slawen entgegen. Jeder Mensch sucht nach Glück und Erfüllung und wird trotzdem nicht satt. Wir Polen haben ein eingefleischtes Misstrauen gegenüber Autoritäten. Mela hatte so ein Misstrauen gegen mich, dass sie einmal mit einer Mund-Nasen-Maske zurückkam, als von Corona noch keine Rede war.

„Ich muss nur daran denken", fuhr Witkowski fort, „wie ich mich mit meiner Schwester einmal in einem Café in Warschau verabredet hatte." Sie kam, wie immer, eine Dreiviertelstunde zu spät, setzte sich mir gegenüber auf einen Plüschstuhl, und begann, von der Situation der Frauen heute zu reden. Sie sagte: *„Nie wiesz? Zwyczajny. Kobieta i mężczynzna mogą się kochać i nie zgadzać. Raz on ma rację, raz ona ma rację. Ale on ją kocha i ona go kocha.* Wenn die Frau siegt, dann sogar um den Preis ihres Todes."

Ich fragte sie, warum sie polnisch zu reden begonnen habe. Sie sagte, polnisch klinge rau und unfreundlich, und sie sei in diesem Augenblick rau und unfreundlich gewesen.

Ich erwiderte, polnisch sei eine weiche und plastische Sprache, wie die Bilder von Chagall.

„Wir können ja auf Englisch weiterreden", sagte sie.

Ich erwiderte, sie könnte ja die Sprachschraube ein bisschen anziehen. Sie saß unbeteiligt da.

„Dreistigkeit und Wille sind alles!" sagte Witkowski. „Wenn noch Symbolik hinzukommt, ist es unfehlbar!"

„Alles, was du von ihr erzählst, riecht nach Psychoanalyse."

„Weißt du, wie Mela an die Psychoanalyse gekommen ist? – Ihre beste Freundin hat mit fünfzehn mit ihrem Fahrrad Bücher für die Buchhandlung Rudek ausgeliefert, damit sie (bedenke mit fünfzehn) ihre „Psychoanalytikerin" bezahlen konnte. Sie erzählte Mela, das Verhältnis zu ihrer Mutter sei beendet. Diese Freundin wurde später Altphilologin und Diplompsychologin. Glücklich? Na ja!"

In diesem Augenblick kam sie in ihrem knisternden Seidenkleid ins Zimmer, setzte sich auf den Stuhl, der viel zu schmal für sie war, und schlug die Beine übereinander, so dass man ihre Oberschenkel sah. Reden, Achselzucken, Lächeln. Sie war jetzt der Mittelpunkt, und unser Gespräch war weg. In Platons Höhlengleichnis entdecken die gefesselten Menschen am Ende das, was hinter den Schatten und hinter dem durch diese gespiegelten Gegenstände steht. Die Sonne! – Mela war die Sonne. Sie war der Höhepunkt alteuropäischer Kommunikation und neueuropäischer Schönheit. Sie war beim Durchqueren des Zimmers so rasch gewesen, dass wir sie erst wahrgenommen hatten, als sie auf dem Biedermeier-Stühlchen saß.

Witkowski sagte, scheinbar ohne sich an irgendjemanden zu wenden: „Sie ist unglaublich schön."

Sie sagte: „Regt euch nicht auf!"

Wieder fiel sie ins Polnische und sagte: *Weale nie słuchasz.*

„Ich höre immer hin", sagte Witkowski.

„Ich kann auch nichts anderes sagen", sagte ich.

Dziękuję, nie trzeba, sagte Witkowski.

„Hatte ich auch gar nicht vor", antwortete Mela, „ihr lasst euch ziemlich leicht aus der Reserve locken."

„Du hast eine tolle Fähigkeit, Chaos zu erzeugen", sagte Witkowski zu seiner Schwester.

„Liegt alles an euch", sagte sie. Diesmal auf Deutsch.

„Inneres Chaos meine ich", sagte Witkowski.

„Alle Polen sind so", sagte sie. *„Die polnische Frau liest Jaspers und Frauenmagazine. Sie weiß nicht, wozu die Schraube da ist und erbaut eine Brücke. Jung. Wie immer jung. Immer noch jung, hält in der Hand einen Sperling mit gebrochenem Flügel und eigenes Geld für eine weite und lange Reise."*

„Ihr kennt doch hoffentlich Wislawa Szymborska, deren Gedicht ich gerade zitiert habe."

„Ich kenne das ganze Gedicht", sagte ich.

Sie wollte sich totlachen darüber.

Sie lachte und sagte: „Herausgefordert, höllausgefoltert! – Engversüffig! – Tawulsdreck! Hört nur; Sack, Sack. – Ihr obschönen Zeugner."

„Hör auf", sagte Witkowski, „wir brauchen ein Pförtchen für das Gerüst deiner Worte, damit wir das ganze Heufschön fluttisch verstehen! – Was duu sackst, iste in Cockloch in dein Inneres. – In deine Mörse!"

„Venusse waren kicheriche Vulkane wiehernder Eruption. Wenn die Männer am Nack-Mittag die nackten Dullche herauszogen, wahren sie glühend und süchtbar."

Ihre Hände waren schön, aber rot. – Die Fingernägel teils gepflegt, teils abgekaut!

4 Gedankenschärfe

kam! Schams! Scham!

Vorletztes Wochenende war ich mit Witkowski und Mela in den Weinbergen gewesen. Wir hatten eine Tour an den Rhein gemacht und waren hinter einem kleinen Ort, der hauptsächlich von Bustouristen besucht wurde, die schon gelblaubigen Weinberge hochgeklettert. – Mela hatte neuerdings eine gefleckte deutsche Dogge im Schlepptau. Ohne Symbol ging sie nie spazieren. Der Hund war schlecht erzogen. Er wusste gottseidank nicht um seine Kräfte. Er hätte uns alle drei mühelos zerlegen können. Die Weinorte schmiegten sich in die Schleifen des Flusses vom Sonnenlicht zersplittert. Mela, mit neu gefärbten, blonden Haaren, hatte sich in einen dunklen Stepper mit rötlichem Schimmer gehüllt, ein hellbraunes Lederaccessoire auf dem Rücken, das wie ein kleiner Rucksack aussah! – Sie guckte misstrauisch wie immer. – Hier in den Weinbergen brauchte es keine unschuldigen Blicke. – Der Hund sprang neben ihr auf die Bank und saß dort wie ein Saurier. – Mela blickte auf den Haarschnitt meines arabischen Friseurs und nannte ihn einen „Männerhaarschnitt".

Die belaubten Rebstöcke verdeckten viel von der Landschaft, die bei dem hellen Licht bläulich erschien. Die aufgeteilten Weinstöcke unten am Ufer wirkten wie Parzellen. Mela bemühte sich, den Hund festzuhalten, der mit aller Macht flusswärts strebte. Zusammen mit dem Hund, der ihr folgte, wirkten die beiden, Mensch und Tier, wie ein Centaurenpaar. – Mela faltete die

Hände und überließ sich dem träumerischen Blick über die Flusskrümmung, die man am Horizont erahnte.

Witkowski hielt sich mit einem Hut den Hinterkopf warm. Er trug einen Dufflecoat. Das gab ihm etwas Eigentümliches. Er betrachtete seine Schwester, die so versunken über den Fluss schaute.

Witkowski akzeptierte mich und Mela, weil er uns besser als alle seine Freunde kannte. Er brauchte die Aufrichtigkeit der Anderen, um sich ein bisschen zu kennen. – Ich nahm mir vor, mich in Zukunft undeutlich zu verhalten.

„Wir Frauen sind ein bisschen besser als ihr", sagte Mela, als wir wieder zu Hause waren, „auch ausdauernder und überhaupt mehr Horizont!"

„Weißt du, was Diderot, kurz vor der Französischen Revolution geschrieben hat?" fragte Witkowski. „Willst du es hören? Ich zitiere: ‚Die Frauen unterliegen einer epidemischen Wildheit. Das Beispiel einer einzigen reißt eine Masse mit sich. Nur die Erste ist strafbar, die anderen sind krank. O Frauen, ihr seid merkwürdige Kinder! … Zum Schweigen gezwungen, sobald sie erwachsen sind.' – Das ist natürlich kompletter Unsinn", fuhr er fort, „und es ist auch nicht die Art und Weise der Feministinnen."

Mela konnte vielleicht den gestirnten Himmel verrücken. Sie ist der Geist des Lebens, in der allerheimlichsten Herzenskammer wohnend. – Bei ihrem Anblick war der Geist anwesend. Von Stund an fürder sag ich, dass der Minnen Gott meiner Seelen herrschete. – Ich musste schauen dieses jung zarte engelische Gebilde. – Sie war ein Minnensporn!

Diese Edelste sollte zu keiner Stette geh'n! Warum ließe sie auch ihre Schoene schauen? Witkowski würde auf sie warten selbander. Bald aber war es zu Ende mit ihrer Verwälltigung.

Mein Geist wurde von ihrer Gewalt nicht zerstoeret! Sie zerstoerete in meinem Gedächtnisse alles, was sich wider sie erheben haette können: Manicher malen bewegeten mich fantasien! – Alle Vernichtigungen, die ich je erfahren, waren geweckt. – Und ich trotzdem nicht immer ihre Gegenwart zu erdulden, vermochte mich dessen zu weigern.

„*Sluchamy*", sagte Mela.

„*Czy możemy zaczać dyskusje?*" – fragte Witkowski.

„Gern", sagte Mela und zeigte ihre weißen Zähne, „ich habe an der Universität Krakau nur ein paar Jünglinge gekapert. – Mir war das alles nicht hoch genug, eher zu tief, „der Herren eigener Geist", zitierte sie Goethe. – Ich bin bei Leuten gelandet, die waren so ziemlich das Schlimmste, was es gab! – Unter allen Maßstäben! Einmal ein Trio, das zusammenhielt wie eine Schweißnaht! Dagegen sind wir nur Bekannte. – Natürlich versuchten es auch ein paar Frauen: elfenhaft, pseudomuttrig und verschlagen."

„Schreib doch endlich deinen Roman", sagte sie, zu ihrem Bruder gewandt.

„Brauchst du nicht, du hast ja uns", sagte Witkowski.

„Gott sei Dank", sagte sie.

Mela saß tief in ihren altgrünen Samtsessel gelehnt. Direkt hinter ihr die große Vitrine mit ein paar Tassen und den zwei großen weißen Kaffeekannen. Sie blickte niemanden an. Nicht mürrisch, aber etwas verschlossen. Sie trug einen leichtbraunen, gerippten, dünnen Rollkragenpulli, darüber, nur über die Schultern gelegt, ein leichtes Jackett, weil sie fröstelte. Obwohl sie mit uns gesprochen hatte, saß sie da, als ginge sie alles nichts an.

„Als ich jünger war", sagte Witkowski, „wollte ich einen Roman mit dem Titel ‚Vom Lachen der Rechthaber' schreiben. – In meinem Kopf drehten sich die Bilder von denen da oben im Gymnasium, die mir Noten geben durften."

„Du bist du", sagte Mela, „mein Gott, wie oft habe ich meine Eltern belogen!"

„Mangelnde Sittlichkeit", sagte Witkowski, „mach doch endlich mal 'ne Psychotherapie!"

„Therapeutenzuneigung ist etwas ganz anderes als menschliche Wärme", sagte Mela, „da ist mir jeder anständige Mensch lieber!"

„Du kannst natürlich auch stammeln", sagte Witkowski. „Man kann auch warten. Mit Zeit erreicht man viel. Nach gewisser Zeit ist der Andere nicht mehr derselbe. Du frönst dem Nichtstun, und ich sorge für die Ausgeglichenheit."

„Wir haben genug Geld", sagte Mela.

„Wir leben in einer Zeit, in der die Leute oft schon weiter sind, als sie sich eingestehen wollen."

„*Dziekuje, nawzyjem!*" erwiderte sie!!

Ihre Gerüche und Ausdünstungen, Schweiß, Weibliches, Parfum, Hautspürbarkeiten und der Grund ihres Haares drangen, zum gegenüberliegenden Sessel hinüber, so dass ich alles, was sie sagen wollte, aufnahm.

„Kennt ihr Vaihinger?" fragte Witkowski in unser Schweigen hinein. „Wo die logische Funktion mit ihrer Tätigkeit eingreift, da verändert sie das Gegebene und entfernt es von der Wirklichkeit."

„Da stecken die Upanischaden, Zen-Buddhismus, Meditation, aber auch schon Wittgenstein drin, den Vaihinger noch gar nicht kennen konnte", sagte ich.

„Er hat ihn antizipiert", sagte Mela, „oder Wittgenstein hat geklaut."

„Das Gebiet, auf dem die Lösung liegt, ist die Natur des Denkens", sagte Witkowski, „ganz einfach!"

„Ich bin ein Zwitterding zwischen etwas und nichts", sagte Mela, „für heute Abend ist Schluss mit dem Reden!"

Am nächsten Tag frühstückten wir zusammen.

„Die Philosophie löst keine Lebensfrage. Die Wissenschaften, das heißt die Verzifferung der Welt, hilft nur dazu, zu überleben!" sagte Witkowski.

„Don't worry be happy", sagte Mela, „mir ist alles egal."

„Noch kannst du dir das leisten", sagte ich.

5 Der Ursumpf

Mela war erst im mittleren Alter aufgeblüht. Jetzt war sie schön, aber man durfte sich nicht täuschen lassen. Sie war die Botschaft ihres Geschlechts. Sie redete ungern und wenig über sich! – So gut wie nichts! – Wenn man sie dazu bringen konnte, über sich selbst zu sprechen, hatte man schon fast gewonnen.

„Im Grunde möchte Mela ins Mittelalter zurück", sagte Witkowski in meine Gedanken hinein.

„Das Spinnrad drehen und flüstern! – Für mich zählt keine Autorität", fuhr er fort, „man redet einfach über die Anderen, dann ist man über ihnen! Denken klärt überhaupt nichts! – Mela kann das auch, und sie verschleiert ihre Identität! Sie übt vor dem Spiegel, wie man spontan und harmlos wirkt."

Ich dachte an den alten Hollywood-Witz: „Hello", he lied!

Mela trug einen lila Minirock aus Organza und einen breiten Ledergürtel. Der Rock schob sich bis zur Hüfte hoch und ließ ihre rosa Seidenwäsche sehen. Witkowski ahnte natürlich, welche Gedanken ich hatte. Wir hatten beide eine komische Schwäche für die Wahrheit. – Sein Snobismus hatte, wie alle Snobismen, etwas Ordinäres. Mela war genau auf der Grenze zwischen schön und vulgär!

Witkowski fuhr fort: „Ich bin fünfundvierzig! Soll ich dir sagen, was meine Großeltern hinter sich gebracht haben? – Sie haben sich durchgeschlagen! – Polen! Sie waren durch den ganzen Bezirk Zichenau geschleust worden, erst durch Brachland, dann durch den Wald und von da aus nach Nasielsk. Ich war der erste in dieser polnischen Familie, der studieren durfte. Ich bekam das Wissen, meine Schwester das Geld. Wenn man einer Frau so viel zum Leben gibt!"

Hätte ich nicht meinen jüngeren Bruder gehabt, Nachkömmling und begabten Rechtsanwalt, wäre ich mit der Generation von Mela und Witkowski gar nicht in Berührung gekommen! Aber Gedanken bilden ein wirres Geflecht über alle Zeiten und Zeitzonen! – Man nippte daran, je nach Alter und Wissensstand, glaubte vielleicht sogar, man habe Neues erkannt, und verließ seine Zeitzone wieder, auf Wiederkehr hoffend. In der Seele getroffen. – Goethe, der die subjektive Realität bis zum Äußersten verteidigt hatte! Natürlich gab sich niemand mit dieser Beschränkung zufrieden. – Ein paar, die etwas weitergekommen waren, hatte man verbrannt.

Dosyć już, sagte Mela, als ich einmal versuchte, mit ihr darüber zu sprechen. Sie lachte mich an, und ich sah mich gezwungen, mitzulachen. Ich war für sie ein weiser Knabe, der große Reserven an Verständnis und Menschlichkeit haben musste. Gegen die Vorlieben der Frauen ist kein Kraut gewachsen. Im Spiegel hinter dem Kamin sah ich, wie ungesund ich aussah. Ich hatte einmal gesehen, wie Mela sich schminkte. Erst eine Cremegrundierung auf die Wangen, die sie auch in Nase und Kinn einmassierte. Eine perlblaue Creme, die auf der Haut weiß wurde. Das war scheinbar die Malergrundierung. Danach kam das Makeup, hauptsächlich um die Augen, auf die Wangen und auf den Hals. Sie verfuhr dabei so hastig, wie sie manchmal im Leben verfuhr. Es kam Vaseline auf die Augenlider. Die Wimpern wurden ganz dunkel getuscht. Ein schwarzer Fleck in die beiden äußeren Augenwinkel.

Mela verehrte Marina Abramovic, die Königin der Performance-Kunst. – Man musste sich dafür kein Vorwissen aneignen. Marina Abramovic hatte in New York mehr als siebenhundert Stunden auf einem hölzernen Stuhl gesessen und dabei mit den Leuten gesprochen. Sie warf sich gegen Wände und zerschnitt sich mit Rasierklingen. – Der Stuhl, ja, hatte Mela zu mir gesagt, aber nichts mit Rasierklingen. Sie wollte einfach an dem Nimbus von Marina teilhaben. Ihren Körper zu Kunst machen, das konnte Mela auch. – Mela wollte leben, sofort! – Jeden Augenblick! – Mela versuchte, der Welt um sie herum ihre Kunst- und Weltauffassung aufzudrücken! Mela war eine erwachsene, selbstbewusste Frau! – Ich wusste, dass jede Frau einem etwas nachträgt!

6 Hungrig und fertig

K urz darauf wurde Mela krank. Sie war müde, hatte Kopfschmerzen und musste sich übergeben. – Kein Arzt wusste, was es war. – Eine Psychoanalytikerin wurde hinzugezogen. Aber die Viktorianische Epoche mit ihren Freud-Leiden war vorbei. Gespräche, Vergnügen, Konzerte aller Art, Jazz, Klassik, Oper, Yoga, Esoterik hatte sie reichlich gehabt. Schließlich fand man es heraus. Es war eine Variante des Corona-Virus. Sie verbrachte drei Wochen im Bett.

Sie sagte, wenn sie stürbe und ihre eigene Vergangenheit sie überholt habe, würde sie sich melden.

Wir gingen durch ihren Garten. Es war ein schöner Garten. Nach unten bis zum Flussufer abfallend, viel Rasen und Rosen- und Levkojensträucher. Ein paar Gewächshäuser, in denen Witkowski und seine Schwester ihr Gemüse anbauten. – Sie hatten schon im Juni Tomaten. – Etwas höher die Brombeer- und Himbeersträucher. – Ein Planschbecken, in dem die Hunde des Nachbarn gerne tobten. – Die Wildschweine aus dem nahen Wald hatten ein Teil des Rasens aufgewühlt. Von unten hörte man das Röhren der Rennboote auf dem Fluss.

Wir wanderten bis zum Fluss hinunter, gingen das Ufer entlang zum nächsten Weiler und setzten uns in die Außengastronomie. Niemand sagte etwas, und wir blickten still über das Wasser.

Ich ging zur Toilette und als ich hinter der Glaswand der Terrasse stand, hörte sich, dass sie über mich sprachen.

„Ich kann mich mit ihm nicht abfinden", sagte Witkowski.

„Er ist doch ganz nett und gibt uns viel von seiner Gelehrsamkeit ab", sagte Mela.

„Er macht sich an deinen Geist heran."

Ich war fünfzehn Jahre älter als die Zwillinge. Ich machte mir bewusst, dass sie über mich sprachen.

Chytry, sagte sie, *zgadzam się*.

Als ich mich auf den Restaurantstuhl setzte, taten sie, als wäre ich nie weggewesen. – Witkowski fing an, über Homöopathie zu reden und machte dabei vor meinem Gesicht Hand- und Fingerbewegungen, wie sie Willy Brandt bei seinen Interviews gemacht hatte.

Ich erinnerte mich, wie ich nach dem Studium für einige Zeit in meine Heimatstadt zurückgekehrt war. – Ich war mehr als diese Stadt! – Ich war in der Hauptstadt gewesen. – Jetzt hieß es, sich in einer Mittelstadt durchzurangeln. – Ich kaufte mir eine laubgrüne, mit Fell gefütterte Militärjacke, eine Weste, an der Hüfte mit Bund. Ich trug nur enge Hosen mit Bügelfalte, keine Jeans. – Ich fühlte mich sicher. – Die Haare lang, mit Koteletten bis zu den Kinnbacken! – Weil ich eine sehr junge Freundin hatte, der das gefiel. Wäre ich doch nur bei diesem hübschen, nachgiebigen Mädchen geblieben, mir wären einige Idiotien erspart geblieben. – Ich hatte nur ein einziges Bild von ihr, unten an den Flusswiesen fotografiert. – Ich weiß nicht, warum sie mich ausgesucht hatte. Die Wochenenden verbrachten wir in meiner Wohnung. Sie wäre lieber mit mir den Fluss hinaufgefahren und hätte sich etwas angesehen. – Sie beklagte sich bei ihrer dunkelhaarigen Freundin darüber, die es sofort weitererzählte, bis es schließlich auch bei mir ankam. – Ich trug Lloyd-Schuhe, die ich noch in der Großstadt gekauft hatte und die ich trug, bis es nicht mehr ging! – Abends wartete die Mutter des Mädchens vor der Haustür, wenn ich sie nach Hause brachte, weil sie so jung war. – Ich wirkte auch jung. Ich dachte damals, ich würde ad infinitum mit ihr zusammenbleiben.

Mela sagte, wir sollten wieder nach Hause gehen, und so wanderten wir die Dreiviertelstunde hoch zu Witkowskis Haus. Mela hatte etwas Exquisites vorbereitet, das im Kühlschrank stand. Witkowski war auf der Toilette, und Mela ging in die begehbare dunkle Speisekammer, um eingewecktes Obst zu holen. Als Witkowski von der Toilette kam, folgte er ihr durch die angelehnte Tür und dachte, es hätte sich dort ein Einbrecher versteckt. Ich hörte einen Schrei, sprang durch die Tür in die große Kammer und sah Mela auf dem Boden liegen. Sie war gestürzt. Sie verbrachte den Abend im Bett und war am nächsten Morgen mit einem Verband wieder am Frühstückstisch. Der Sturz hatte allen einen Schlag versetzt.

Chce mieć psa! sagte sie.

„Kannst du haben", erwiderte er.

Der Instinkt der Selbsterhaltung hatte Mela wahrscheinlich geschützt, indem sie sich kurz drehte. Ich hatte das Gefühl, dass ein neues Zentrum entstanden war. Wenn man Freud heranzog, diente die Wahrheit der Lüge, die Lüge der Wahrheit. Ich wollte in diesem Augenblick, dass Gott existierte, obwohl ich wusste, dass man alle Gottesbeweise an die Decke schleudern konnte. – Was waren die Merkmale der Paranoia? – Übermäßige Vernunftgläubigkeit, Rivalität, Gefühlsmisstrauen, Unfähigkeit sich kritisieren zu lassen, und natürlich Thymos (der Zorn). – Wahnvorstellungen will ich gar nicht nennen, die hat jeder.

Seit dem Zwischenfall setzte Witkowski Merkwürdigkeiten in die Welt! Dass die menschlichen Oberstübchen so toll und merkwürdig funktionierten! – Die Musiksendungen im Fernsehen! – Jeder, jede schrie sich die Seele aus dem Leib! – Um Liebe? – Man kam nur weiter, wenn man Freunde hatte! – Aristoteles hatte es irgendwo gesagt!

Witkowski machte sich über alles lustig. Er verhielt sich wie einer dieser Zen-Menschen, die Watzlawick in seinen populären Büchern beschrieben hatte. Er las in einem Gesangbuch von 1907. Aber dieses evangelische Gesangbuch war in polnischer Sprache geschrieben.

Ich brauchte eine Alternative! Ein Therapeut? – Ich hatte in der Psychoszene nur Leute gesehen, die getäuscht hatten. Ich war kein Mann ohne Eigenschaften! – Aber ich war jetzt wieder öfter mit Mela zusammen! – Harmonie together! An meinem Geburtstag stellte sie eine halbe Erdbeertorte auf den Tisch. Den Rest konnte ich im Jenseits kriegen.

Einmal war ich mit Mela allein. – Wir beschlossen, ins Vorgebirge zu fahren. – Wir kehrten in einem Landgasthof ein, und als wir am Nachmittag mit Masken in einer Außengastronomie saßen, hatte Mela die metaphysische Versuchsleitung schon übernommen. – Sie stritt sich mit dem Kellner, einem ehrwürdigen, alten Mann mit langen Haaren. – Sie war Mela und konnte offensichtlich nicht anders. – Als Kaffee und Kuchen auf dem Holztisch standen, sagte sie: „Witkowski erzählt vieles weiter!"

Ich hatte oft über sie gerätselt. Mein Denken war vollkommen blockiert. War ich ihr Beichtvater oder ihr Komplize? Ich überlegte, was sie mir gerade gesagt hatte, diese fleischige Person, ihr dichtes Haar durch die Nebeltröpfchen der Luft abstehend, in einem silbrigen Modeanorak von Gucci. – War sie die Idee der Frau? Offenbar konnte sie sich selbst nur schwer ertragen.

„Ich geh zum Therapeuten", sagte sie.

„Das ist heute altbacken", erwiderte ich, „deine Verirrungen sind nicht ungewöhnlich."

„Ich meine es ernst", sagte sie. In dem Augenblick erkannte ich, dass sie einen Versuchsballon hatte steigen lassen.

Was trieb sie an? – Ein Quäntchen Vulgarität? Aber sie war keine Hasardeurin. Ich hatte schon ein paar Mal gesehen, dass sie den Wert und die Fähigkeiten eines Menschen einschätzen konnte.

Mela war Katholikin. Glaubte sie an Gott? Doch, aber nicht auf katholische Art. Sie ging ab und zu zur Beichte und zur Kommunion. Den Vorschlag, den mir Mela im Lokal gemacht hatte, hätte sie auch vornehmer ausdrücken können. Für sie muss es aufregend gewesen sein. Aber es war auch ein vertrauliches Bekenntnis der eigenen Schwäche.

Joyce hatte geschrieben: „Sollte ich sie um ihre windsicken Herr-zelein zähren? Ihre Armme umzierkillten Schöninsellchens-Oder träumte ich von der Vorgabe von Gierbutts Tags Geschäredken. Auf der Matte, auf der Werranda und innunter in Keller. – Hatte sie nicht ein Timbre in der Stim-me? Und dann das Giernéssen mit

Zickgauner Liek zu schmurrgehn. – ZwegEichen Rosenkranz für die be..ficke Melli!"

Ich musste mich aussprechen. – Jetzt war mir wohler nach all dem Unsinn. – Sag mir alles über Mäh-laa!

Es war keine Gleichgültigkeit, es war Apathie und Gält-Giehr!

Witkowski schlug einen Spaziergang zum Fluss vor. Während wir zu dritt durch die Platanenallee gingen, gab Witkowskis Handy unvermittelt einen Glockenton ab. Witkowski sonderte sich ein wenig ab und führte ein längeres Gespräch. Eine junge Frau, eine Freundin von Mela und Aupairmädchen, kündigte ihr Kommen für drei oder vier Wochen an. – Jetzt in der gespannten Situation zwischen uns dreien? – Sie hieß Anna und hatte zwei Semester irgendwas studiert.

Es regnete, und der Hund, den Mela auf polnisch gewollt und bekommen hatte, trottete neben uns her und folgte uns hinunter zum Flussufer. – Es waren, bei dem Regen, nicht viele Leute unterwegs, und so hatten wir Gelegenheit, die Ankunft des „Fräuleins", so nannte Witkowski das junge Mädchen, zu erörtern.

„Ist sie nicht ein bisschen zu jung für unseren Kreis?" fragte Mela.

Ich glaubte damals, Mela würde mit ihrer fleischlichen Attraktivität jeden, jede in den Schatten stellen. Dazu ihre ausgefuchste Aufdringlichkeit.

7 Kein Quartier

W*ir holten Anna* vom Flughafen ab, und in der Lounge umarmte Mela sie intensiv. Sie stellte mich und Witkowski vor, und wir erschraken beide ob ihres niedlichen Aussehens. Schönheit ist überall ein willkommener Gast. Anna war auch das Kind eines polnischen Ehepaars mit ostpreußischen Wurzeln. Sie musste knapp unter dreißig sein, hatte für uns also die Aura des Jungseins, und die Welt der Schönheit wirkt auf jeden. Wir aßen in einem Sternerestaurant zu Abend. Anna wäre es lieber gewesen, wenn Mela etwas gekocht hätte. Ich glaubte zu bemerken, dass Witkowski sich zu dem neuen Gast hingezogen fühlte, denn „Schwingungen", die zwischen zwei Menschen hin- und hergingen, bemerkte man im ersten Augenblick. Sie waren sich sympathisch, auch ohne dass beide auf dem Bechstein-Flügel im gleichen Takt spielten oder dass sich der Fluss ihrer Unterschriften ähnelte. Nie würde Anna seine Mängel zu den ihrigen gemacht haben.

Wir freuten uns, als wir das große Haus der Geschwister wieder betraten und begannen polnisch zu sprechen, was wir aber nach einer halben Stunde abbrechen mussten, da Anna es nicht besonders gut beherrschte. Ich hatte das Gefühl, dass Anna sich vollständig besaß und diese Selbstbeherrschung auch bei anderen voraussetzte. Warum war sie so plötzlich und überraschend zu Besuch gekommen? Wenn man Gewalt über sich selbst hat, verbreitet man diese auch über andere.

Am nächsten Morgen unterhielten wir uns länger miteinander. Witkowski glaubte an keine Leidenschaft.

Er wusste, dass Schwäche stärker war als Kraft. Jeder Gedanke verbarg einen anderen Gedanken, jedes Wort war auch eine Maske.

Es war Nachmittag und wir waren wieder einmal durch die Flusslandschaft gegangen. Das braunschwarze, ölige Wasser wurde uns durch die Wellen der Tanker vor die Füße gespült. Wir waren auf eine gleichgültige Art bei uns selbst. Die Flussbetonierung war zu Ende, und das Gras des Flussufers breitete sich zu unseren Füßen aus. – Nostalgie Fortunas? – Die schlanke Gestalt von Anna, die jetzt vorweg lief! Ich spürte Witkowskis Streben nach ihr. – Aber er war unfähig, sie zu erreichen. – Er spürte, dass sie auch mir gefiel. Wir waren eine sonderbare, aufeinander bezogene Kombination! Es war keine Seelenverwandtschaft, es war die Situation. Situationen können stärker sein als alles menschliche Wollen. Wie einen Erwartungen zwingen, zu denken, was man nicht will!

Am Flussstrand stand ein Fischer mit seinem Boot und verkaufte frischen Aal. – Die schlangenartigen Tiere lagen, noch zappelnd in seinem Netz. Mela, die schon immer Zugang zu Wasser gehabt hatte, kaufte einige „zum Abendbrot". Anna schauderte etwas und ließ es uns spüren, Witkowski und ich sonderten uns ab. Mela zahlte, und wir nahmen den Fisch mit nach Hause. – Anna spürte, dass ihre Gedanken durch meine ans Licht gezogen wurden und dass ihre Angst vor dem Symbol gesehen worden war. Der Fisch war auch ein Tier. Mela hatte aber auch bemerkt, dass Anna, weit vorne gehend, sich mir attachierte. Als hätte sie meine Heimlichkeit gespürt.

In der Ferne war schon die Brücke zu sehen, und wir beschlossen umzukehren. Zurück gingen wir auf

dem Leinpfad neben der Straße. – Ein paar Spaziergän-
ger kamen uns entgegen, und sie veränderten die ganze
Atmosphäre. Wir gingen an ihnen vorbei. Jetzt im Früh-
herbst trugen manche Frauen schon einen Hut. – Ob es
richtig war, was ich dachte, wusste ich selbst nicht. Es
konnte sein, dass ich allen meine eigenen Gedanken
unterstellte. Ich ging kokett hinter Anna her und spürte
immer noch die Eifersucht Witkowskis. Ein kaum merk-
liches Radar! Ich amüsierte mich so sehr, dass auch Witkowski hinter mir zu lachen anfing. Anna wandte sich
um. – Worüber hatten wir gelacht?

Mela konnte denken wie ein Mann. Jetzt war es
mir klargeworden. Nur deswegen war das Arrangement
zustande gekommen und hatte so lange gehalten. Das
Polnische war es nicht. Wir waren keine Polen mehr,
wir waren Europäer geworden. – Obwohl die Nationalität wieder aufflammte, würde es in ferner Zukunft keine
Nationalitäten mehr geben. Es war die einzige Möglichkeit, den Weltfrieden zu erhalten. Eine befreundete
rumänische Schriftstellerin hatte mir ihren Gedicht-
band *Zaunfreie Gärten* geschenkt. Franziska Marienfeld-
Ricinski, ihre Gedichte waren uns heute so nahe wie nie.
Franziska hatte sich nicht täuschen lassen, hatte hinter
alle Fassaden, hinter das Wesen der Dinge geschaut. Sie
hatte beim Petitionsausschuss des Bundestages gearbeitet. Ich weiß nicht, was aus ihr geworden ist.

Zu Hause kochten Mela und Anna den Aal. – Die beiden Frauen aßen vorsichtig, Witkowski und ich schlan-
gen ganze Stücke herunter. Witkowski sagte, eigentlich
hätten wir den Aal unten am Fluss, direkt aus der Hand
essen müssen.

Ich hatte wenig Zukunft, und mit den beiden zu gehen, war immer noch besser, als an der Volkshochschule zu verblöden.

Mela versuchte, einen lange warten zu lassen! Der, der lange warten muss, ist in der schwächeren Position! Ob er „will" oder nicht! – Warten war ein Gefängnisaufenthalt. – Wir sprachen darüber. – Anna stimmte mir zu. – Sie wusste nicht genau, wie ich zu meinen Gastgebern stand. – Beide Geschwister vertrauten einander. Einmal war ich mit Mela beim Italiener zum Mittagessen. Als ich sagte, ich hätte sie eingeladen, machte sie ihre Handtasche auf und warf mir einen Geldschein in den Schoß.

„Komische Stimmung", sagte ich am Frühstückstisch, als ich mich umblickte.

Mela sagte: „Das bist du!" Sie sagte es mit einer gewissen Unschuld. – Ich hatte Mela bis vor ein paar Jahren für das gehalten, was man „reif" nannte. Aber nun, da ich genauer hingesehen hatte, sah ich eine andere Frau. Sie war davon überzeugt, dass der Erwachsene, also der zynische, in der gedanklichen und sprachlichen Auseinandersetzung siegt.

Mela riss uns in eine andere Atmosphäre. Ich sah, dass ihre Fingernägel manchmal grün, manchmal weiß lackiert waren. Sie begann, polnisch zu sprechen, obwohl ihr Bruder ihr das in Gesellschaft verboten hatte. – Polnisch führte in die schreckliche Zeit des Underground-Lebens ihrer Großeltern. Die Lehmhütten, die verkommenen Krankenhäuser, der Staub von Entlausungsmitteln, die Deutschen, die Grenze, Stacheldraht, der Eiserne Vorhang. – Man sah Mela nichts an. – Junggesellen waren unverheiratete Männer! – Weiß war heller als schwarz! – Konnte sich überhaupt etwas, das früher geschehen war, zwischen sie, mich und die Vergangenheit drängen? Warum änderte Mela ihre Meinung stündlich? Je nach Thematik und Kontext! – Die Sprache verkleidet den Gedanken! – Und doch gibt es zwischen Menschen immer noch Konsens!

Während ich versuchte, nicht hinzuhören, half uns Anna und erzählte vom Leben ihrer Großmutter. Ihre Großmutter kam aus einer der ärmsten Gegenden Polens. Sie hatte nur eine dreimonatige Ausbildung als Schneiderin, war in ihr Elternhaus zurückkehrt und hatte einen protestantischen Postbeamten geheiratet. Neun Kinder! – Auf dem Acker, manchmal selbst vor dem Pflug, die Wäsche gekocht. – Wochenlanges Schweigen, wenn ihr Mann etwas tat, was ihr nicht gefiel oder wenn sie ihn abends aus der Kneipe nach Hause zerren musste. – Von einem reisenden Evangelisten infiziert. Abends nach dem Essen über der großen, auf dem Küchentisch aufgeschlagenen Bibel kniend und über einen Vers aus dem Neuen Testament meditierend. Manchmal sogar auf dem Boden sitzend und betend. – Gute Freundschaft mit dem evangelischen Pfarrer, mitten in einem katholischen Land.

Der Katholizismus brachte Witkowski zum Reden: „Gut, dass unsere Großeltern tot sind, sonst würden wir hier nicht beisammensitzen!"

„Ist der Glaube nicht das eigentlich Politische?" fragte Mela.

Nie warto sie denerwować, antwortete sie selbst.

„Man muss trainieren, um das zu ertragen", sagte ich.

Jestem, i to nie sam, sagte sie. „Wenn wir es jetzt alle zusammentäten, wäre das eine Bekräftigung menschlicher

Brüderlichkeit", fuhr sie fort. Nichts, was zwischen Menschen vorging, sei schlimm. Ich war froh, dass ihr Bruder da war. Sonst hätte ich mich tatsächlich in der Pflicht gefühlt, mit dieser *femme fatale*. Mein Selbstbewusstsein war ein bisschen zurückgedrängt worden. Aber trotz ihres ganzen Femme-Fatalismus war sie ein Kind geblieben. Das aber dennoch nicht in die Apathie getrieben war.

Anna und ich verbrachten den Abend vor dem Fernseher, dann gingen wir nach oben. Abends aßen wir mit den anderen. Es verging einige Zeit, bis es in diesem geschlossenen Areal zu einer Gefühlsgärung kam. Über den Rand quellen! Aber der andere Teil gönnte dem einen, jedenfalls vorläufig sein Glück. – Wir waren alle vier zur Einweihung eines neuen Parkhauses in der nahen Stadt eingeladen. Mela und Witkowski machten sich rar, sie wollten gemeinsam im Fluss angeln. – Der mächtige, geschlossene Parkhauskomplex stand wie ein riesiges, rechteckiges Insekt an einem Abhang der Stadt und lud ein. Der Bürgermeister hielt eine Rede, dann der Architekt. – Auch einer der Männer, die das Parkhaus hochgezogen hatten, sprach ein paar Worte. – Es gab Sekt, und hinterher stand man in Grüppchen beieinander.

Ich fragte mich, was wir hier zu suchen hatten, blickte auf Anne, und sie lächelte mich an, als wäre sie von etwas Unbekanntem erfasst worden.

Witkowski saß in seinem Wohnsaal, als wir zurückkehrten. Er saß auf seinem Markensofa wie eine Erscheinung. – Als wir nach oben gehen wollten, sagte er: „Das kommt überhaupt nicht infrage!" – Eifersucht? – Er wusste um den Abgrund, der zwischen mir und Mela bestand. – Aber was gab ich darauf? Mela war gläubig, aber selbst die Tiefe ihres Glaubens bedeutete ihr wenig. Trotzdem war auch in mir Tiefe erweckt worden. – Auch in Anna. – Sie hatte bis dahin kein Wort gesagt und gewartet, was aus der Unterhaltung zwischen mir und Witkowski werden würde. – Ich zog Anna an der Hand nach oben.

Wenn ich Allgemeinheiten verbreitete, dachte Mela, ich spreche über sie! – Ich wusste nicht, ob Mela klar war, dass wir in einem Rechtsraum lebten! – *Ihr Wesen war wie ein Sauerteig, der seine Ansteckung fortsetzt.* Aber der alte Sauerteig hatte Kontakt mit dem Neuen. Mela ergriff allein durch Induktion! Sie wusste genau: Wenn ich alles über sie wüsste, wäre ich weg! Die Katholiken hatten eine bessere Methode als Freud, Menschen zu verstehen. – Die Seele! – Hinter der freien Weise, der Heiterkeit und scheinbaren Unbefangenheit von Mela und ihrem Bruder versteckte sich der Versuch, Zugriff zu erhalten. Mela hatte einmal erzählt, eine ihrer Freundinnen hätte mehr von Seelenwäsche verstanden und hätte ein Weltbild in sie projiziert, das die Welt auf den Kopf stellte. Man solle sich, wie Goethe, an die Natur halten und nicht die natürlichen Grenzen mit dummen Sophismen zuzukleistern versuchen.

Witkowski und Mela versuchten, Anna und mich weiter auseinander zu halten. Es gab Aufträge, Spaziergänge, Abendessen (die man gemeinsam zubereitete). Eine Zeitlang blieb Anna und mir nur das Handy. Witkowski hatte meine Nummer, und manchmal, wenn wir uns vor dem Schlafengehen unterhielten, glaubte ich, Witkowski höre mit.

Bei den auratischen Versuchen Pendeln, Anstarren (wer länger aushielt), Gegenstände verstecken und den

Fundort erraten, Kartentricks etc. war neuerdings Anna die Beste, nicht Mela. Witkowski hatte zwar einiges für Atmosphärisches übrig (ich auch), aber er kam erst hinter Anna, Mela und mir! – Er war zu sehr Philosoph! – Begriffsphilosoph! – Wittgenstein-Schüler!

8 *Warszawa*

Wir beschlossen, dass ich mir zusammen mit Anna eine eigene Wohnung, vielleicht sogar ein Haus nehmen würde. In der Nähe wurde eins frei, und der Umzug war in drei Tagen bewerkstelligt. Ich hatte ja nicht viel Mobiliar, Anna überhaupt nichts. Es wurde viel hinzugekauft, und so bezogen wir ein großes Haus mit Giebeln und Weitsicht über das Tal und den Fluss. – Jetzt lebten wir wie ein Ehepaar, waren aber keines, denn alles sollte nur für ein Jahr gelten.

Ich versuchte, die Beziehung zu verstehen. Wahlverwandt waren wir nicht. Es waren Zufälle, die unser Leben bestimmt hatten. – Anna war absolut eindeutig! – Wir hatten uns beide erlaubt, uns über das Vorleben des Anderen zu erkundigen, und außer dem Altersunterschied gab es nichts. Ich sprach mit Anna darüber, und sie sagte, man wisse nicht, was sich ereignen könne. – Und selbst wenn wir Kinder hätten, wüssten wir nicht, wie sie sich entwickelten. – Ich sagte, dass allzu großer Zweifel im Leben nur schade. – Sie erwiderte, wie oft habe die Welt nicht gehalten, was sie versprochen haben.

Anna war früh daran gewöhnt worden, im Geschäft mitzuarbeiten. Sie hatte ihr Studium abgebrochen. Sie hatte schon ein Jahr als Au-pair in Polen gearbeitet. – Sie fand sich in allen Lebenssituationen zurecht, wirkte dabei eher schüchtern.

Ich hatte ein paar Bücher geschrieben. Aber mit Mehrwissen konnte man keinem Leser imponieren. Anna war ruhig, gesammelt, und ab und zu dachte ich an die vergangenen Jahre und ihren Bruder, an die Gespräche mit den beiden über Wittgenstein, über die Raumbrille und über die Zeitbrille. – Anna sagten philosophische Fragen und Antworten wenig. – „Im Bett ist es kälter als allein", sagte sie etwa. Vielleicht war sie klüger als wir alle.

Anna und ich entfernten uns auf Zeit in die Schweiz und ließen uns neue Handy- und Telefonnummern geben. Wir checkten im schönsten und größten Hotel der Hauptstadt ein. In diesem Hotel hatte Richard Wagner Ende des 19. Jahrhunderts in der Hotelhalle den gesamten Ring des Nibelungen selbst vorgesungen. Anna und ich saßen im Speisesaal neben Politikern, großen Künstlern und Potentaten und waren uns sicher, dass Mela uns hier gewiss nicht finden würde. Die hatte sicher schon in berühmteren Welthotels gewohnt. Wir aßen, bedient und umgockelt von frackbrüstigen Kellnern. Jeder mögliche oder unmögliche Wunsch würde erfüllt. Aber die gähnende Stadt, das Shopping, die soziale Ausgeglichenheit langweilten uns. – Vielleicht hätten wir uns doch mit den Geschwistern aussprechen sollen.

Unsere Großeltern waren polnisch gewesen. – In Masuren, wo meine Eltern herkamen, hatten die Leute „masurisch" gesprochen, was nur eine Dialektform des Polnischen war. Die evangelischen Gesangbücher waren in polnischer Sprache geschrieben. Selbst die einfachsten Dorfbewohner waren zweisprachig. Das NS-Regime hatte das ausrotten wollen. Deutsches und polnisches Überleben war nur in der EU möglich. Beide Länder sollten sich darauf besinnen! Joyce schrieb: „Das Sischen der Wispen der Säufzier der SåftZung bei der Beweckung des seir grozen O ringsrund eines Langes in Medeas Riehts: und Schatten begannen die Ufer entlang zu glitten, gräuschend, gräuschend, duunkstig zu duunkstig, und es war so dünkstern, wie Dämmerung nur sein kann in der Wösten allen märklichsten Welten. Metamnessia ward demnämst kloradoformen braunig; das diessitherige Spianien ein Fiolland, amörrich und unnumehros."

Habe ich schon erwähnt, dass wir uns zu viert bei meinem Flussspaziergang am Ufer auf einer Bank niedergelassen hatten? – Mela richtete ihre Strumpfhose, und ich bemerkte, dass Anna das Gleiche tat. Witkowski machte ein Foto. Ich stellte auf dem Papierabzug fest, dass sein Augenausdruck der meine war. Mela rollte sich den Strumpf das Bein herunter, weil sie etwas gestochen hatte. Das wäre nicht merkwürdig gewesen, wenn Anna sich nicht gleichzeitig ihrer grünen Strumpfhose entledigt hätte, um mit nackten Füßen durch das Gras zu gehen. Beide taten es in natürlichem Rhythmus. – Beide wollten mit den Füßen ins Wasser. – Wenn Witkowski uns mit seinen Fotos hatte festpieksen wollen, so hatte er nur das Gegenteil erreicht. Ich wies später auf diese mikroskopisch kleinen Ähnlichkeiten hin und zitierte aus Bertalanffys Biophysik des Fließgleichgewichts. Witkowski sagte: „Man brauchte in die Mikrosphäre gar nicht hineinzugehen."

Was mit der Sprache los ist, zeigte ich Witkowski durch ein kurzes Zitat aus Finnegans Wake: „Wenn du literarisch nicht koeffizient bist, wie phülle Kombinasionen und Permutterzionen bei der interratinionalen Zahl gespielt werden können! Donnerschlach!, verborgene KubikWurzelTriebe sind herausgierissen, nahmen sofort Bibiriefe, äffäffäff bei ah Tom. Antworten, (nur für Quehlrer). Zehn Zanzig, Zreißich, Zeh, icks und drei indert zennert einest. Von Lesung zur Lösung. Stell dir die zwölf verschiedünnen Handeln der gesamten

45

Obengebeugten vor seien die Fottsätzung durch Regeneration der Urutterusierung des Wörtes im Wagstum."

Im Grunde war das, was Mela getan hatte, fast so, als hätte sie mir eine Krankheit angehängt! – Sie gehörte zu der Sorte Mensch, die über das, was in Ostpreußen/Polen passiert war, hinwegging. – Sie versuchte meine Seele aufzukratzen. Das Spiel dauerte keine neunzig Minuten, wie Herberger gesagt hatte, es dauerte bis zum Ablaufen der Uhr.

Bringen Sie nun die beiden Paare in Berührung: A wird sich zu D, C zu B werfen, ohne dass man sagen kann, wer das andere zuerst verlassen, wer sich mit dem anderen zuerst wieder verbunden habe.

„Dann haben wir also die Wahlverwandtschaften ein wenig nachgelebt", sagte Witkowski, der ein unnachahmliches Radar für meine Gedanken hatte.

„Ja", sagte ich, „aber nicht pedantisch. Chemische Gleichnisse ziehen heute nicht mehr", fuhr ich fort, „seit Richter 1789 als Erster die chemischen Prozesse in Zahlen verwandelt hat. – Die Zahlverhältnisse lösen die schönste Alchemie auf. – Man kann aber immer noch daran glauben."

„Man muss auch an die Axiome der Wissenschaft glauben", sagte Witkowski, „wenn du an den Axiomen drehst, ist alles weg. Das hatte Goethe auch schon gewusst."

„Oder er hat die Stöchiometrie Richters gekannt und wollte mit den chemischen Parallismen ein wenig zaubern. Aber Goethes Beobachtungen sind genau, seine Intuition und Handlungsführung genial."

„Lassen wir Goethe ruhen", sagte Witkowski, „ich sehe auf unserem Esstisch etwas Schönes! – Im übrigen muss unser Au-pair-Mädchen wieder zurück nach Polen. Sie wird im elterlichen Geschäft gebraucht."

Mir war sofort klar: Ich würde mitgehen! – Mela hatte alle meine Nebentöne und Schwächen mitbekommen. Mein Leben musste weitergehen! – Ich war kein Erinnerungsfetischist!

Warschau war das Hongkong Osteuropas. Annas Familie wohnte in der Warschauer Altstadt, auch diese vor sechzig Jahren nach originären Vorbildern aufgebaut. Über breite, noch aus der Stalinzeit stammende Straßen konnte man in die Stadtteile fahren, große Beton-Hochhaussiedlungen, in denen fast alle Freundinnen von Anna wohnten. Übrigens auch die Hälfte der Warschauer. In den Geschäftsvierteln und in der U-Bahn sah man die gleichen schmalen, gestylten Schwarzanzugträger wie im Frankfurter Bankenviertel. Es gab in Warschau alles: die großen Hotelketten, McDonalds und Burgerking.

Ich arbeitete im Geschäft von Annas Eltern in der Warschauer Innenstadt mit, und wenn das Geschäft uns tagsüber zu sehr in Anspruch nahm, steckten wir uns kleine Zettel zu, auf denen wir uns unsere Gemeinsamkeit beteuerten. Der polnische Nationalstolz war etwas anderes als der deutsche. Aber Polen hatte drei Teilungen hinter sich, und das ließ die Bürger ihr Land schätzen. Und der Kommunismus? Das schlechte Image hatte die Menschen hier nicht berührt. Sie waren gewohnt zu improvisieren. Nach der Westöffnung hatte man das Paradies mit offenen Armen empfangen, aber schnell zu sich selbst, zum Polentum gefunden. Die Einkaufszentren hier waren so groß wie im übrigen Europa.

Ab und zu machten wir Ausflüge nach Krakau, wo man viele Spuren der K.u.K.Monarchie bemerkte, wenn

man genau hinsah. Krakau war eine Künstlerstadt, mit
Warschau verglichen heimelig. Es gab viele Kneipen,
die immer voll waren. – Laut Statistik brüteten jährlich
fünfzigtausend Storchenpaare auf den Dächern der polnischen Bauernhäuser. – Der Unterschied zwischen Stadt
und Land war in Polen größer als im Westen, wie wir auf
unseren Wanderungen entdeckten. – Wenn wir uns mit
den Landbewohnern unterhielten, lachten die Bauern
über die gleichen Witze wie wir. Mein lückenhaftes Polnisch glich sich langsam an.

Silvester waren wir bei einem intellektuellen Freund
der Familie, Szimborsky, eingeladen, der die polnischen
Lehrer am Ende ihrer Ausbildung prüfte. Es war eine
Menge Leute in der Vierzimmerwohnung. – Seine Frau
schob immer wieder neue Essengenüsse in das große
Wohnzimmer, wo Szimborsky fast den ganzen Abend
mit einem gutaussehenden Rechtsanwalt ins Blitzschach
vertieft war. Beide spielten in der höchsten polnischen
Liga. Sie saßen mit ruhigen Gesichtern vor dem Brett.
Es ging, beide mit steinerner Miene, hin und her, bis ich
bemerkte, wie Szimborskys Gegner Anna von der Seite
her anblinzelte. Trotz Schach, trotz aller Konzentration,
trotz aller Diskretion. – Es blieb mir keine Zeit alles
wahrzunehmen, denn Szimborskys Frau und Anna trugen ganze Ladungen von Pizzas und Gegartem hin und
her. Es roch nach Oregano, gebackenem Käse, Paprika
und Anchovis. Ich glaubte, längst satt zu sein, wurde aber
immer wieder zum Essen ermuntert. – Der Anwalt blin-
zelte, und plötzlich ergoss sich ein Schwall von Wodka
und Rotwein über die Tafel, auf der auch das Schach-
brett stand. Anna stand ruhig auf und machte (ohne eine
der aufgestellten Schachfiguren zu berühren) innerhalb

von zwei Minuten den Tisch wieder clean, sauberer, als er vorher gewesen war. – Jetzt aßen alle gierig, meist aus der Hand (weil sich alle auf die Schachspieler konzentrierten), und Anna balancierte ein Tablett mit übervollen Wodkagläsern zu den Spielern und zu uns. Ich versuchte auch eine Blitzschachpartie gegen den Rechtsanwalt, verlor aber nach sechs Zügen. Der Rechtsanwalt fragte mich, wer denn die hübsche Frau sei, die ich mitgebracht habe und die mit einem einzigen Lederlappen in weniger als zwei Minuten den Tisch gecleant habe, ohne dass Speisen verdorben wurden. – Ich war durch die Witkowski-Geschwister gewarnt und antwortete mit ein paar Floskeln. Draußen begann ein privates Feuerwerk. Alle schauten staunend den Glühspiralen zu. Anna trat neben mich und legte mir die Hand auf die Schulter. – Wir gingen hinein, es gab noch einmal Essen. Dann verabschiedeten sich alle.

9 Ausweichen als Art der Annäherung

Anna lag viel daran, mit mir durch Ostpreußen zu fahren. Wir hatten beide kein Auto und fuhren mit einem gemieteten Golf über Elowo, Soldau (wo mein Großvater herkam), die Schnellstraße nach Neidenburg, wo wir Station machten. Wir machten von dort aus einen Abstecher nach Lyck, wo meine Großmutter ihren ersten Freund hatte. – Lyck hatte, durch eine Kette von Zufällen, im Krieg keine verheerenden Schäden erlitten. Die Stadt war wiederaufgebaut, und wir fanden einen schönen See, von dessen Ufer aus man das Städtchen, wie verstreut, mit dem hohen, spitzen Kirchturm liegen sah. Einige gefleckte Enten tummelten sich im See.

„Siegfried Lenz ist hier geboren", sagte Anna.

„Das wusste ich", erwiderte ich.

Am Tag, an dem wir zurückkehrten, stellten sich Witkowski und Mela in Warschau ein. Sie hatten es ohne uns angeblich nicht ausgehalten. Sie wohnten im „Mariott", höchstpreisig, für mich und Anna gar nicht denkbar. – Witkowski und Mela wollten sofort mit uns in ihre Geburtsstadt Pultusk, die sie seit Jahrzehnten nicht gesehen hatten. Von Warschau aus war Pultusk mit dem Auto ganz leicht zu erreichen, und mit Witkowskis Jaguar (nicht mit Melas Porsche) war es eine Kleinigkeit. – Die Stadt machte einen sauberen, gepflegten Eindruck, und wir beschlossen gleich, nachdem wir uns ein Hotel gesucht hatten, einen Rundgang zu machen. – Die

Vergangenheit wurde sofort gegenwärtig, und Witkowski begann, auf dies und jenes hinzuweisen:

„Wisst ihr, was schon vor dem Überfall im Kreis Zichenau los war? Überfälle, Morde, Brandschatzung! – Die meisten Polen lehnten das ab. Am vierten Tag des Überfalls trieben die Deutschen sämtliche Polen ins Wasser des Narew, ertränkten oder erschlugen sie, raubten deren Häuser aus. Die Deutschen nahmen Geiseln.

„Das Wichtigste ist", sagte Witkowski, „Vater und Mutter nicht als gottgewollte Autoritäten hinzunehmen! – Die Familie als Keimzelle des Staates! – Die Psychoanalyse? Man ließ sich doch von einem System, das ein anderer aus dem Kopf erdacht hatte, nicht beeindrucken.

Wie denn auf dieser Welt keiner leicht den anderen versteht, hatte Goethe im Werther geschrieben. Der vierundzwanzigjährige Goethe war weitergekommen als manch ein Hundertjähriger.

Wir aßen alle, um den großen Küchentisch verteilt, neben einem alten Holzofen, einem Gasherd und einem Elektrogrill. Ich Mela gegenüber, Witkowski gegenüber Anna. Auch Annas Eltern einander gegenübersitzend.

„Wird es Krieg in der Ukraine oder an der Grenze zu Weißrussland geben?" fragte Annas Mutter.

„Eher hier in Polen", sagte ihr Mann.

Es wurde Kohlsuppe gereicht, und wir wurden alle zum Weiteressen genötigt. Als Hauptgericht gab es Perlhuhn, und auf den Nachtisch (Gelee) verzichtete ich. – Und da die Anderen in eine intensive Unterhaltung über Krieg und Kriegsgegner hineingeglitten waren, stand ich behutsam auf und entfernte mich. – Ich erinnerte mich, dass mich Mela vor einiger Zeit etwas gefragt und ich geantwortet hatte: „Bin ich Jesus?"

Sie hatte geantwortet: „Bin ich Jesine?"

Man lese nur nach, was Stirner dazu gesagt hat. Eifersüchtig war ich nicht. Ich hatte nie Angst vor Mela gehabt, obwohl sie das gerne gesehen hätte. Vielleicht hatte es die Geschwister nur in der Nase gekitzelt. – Irgendwann würden die Octopus-Romane von Rossmann Schullektüre werden! – Ich dachte an das, was meine und ihre Familie durchgemacht hatte. Ich hatte gelernt, dass man auf dem Qui Vive sein musste, wenn man das Richtige wollte. Als mein Philosophieprofessor, der auch Psychoanalytiker war, das im Seminar sagte, hatte ich gelacht.

Ich machte in einem Winter meinen Mittelhochdeutsch-Schein und wohnte in einem kleinen engen Hinterzimmer in der Innenstadt. Es war mein erstes Zimmer überhaupt. Ich arbeitete den ganzen Tag im Seminar, weil es dort warm war. Ich trug den ganzen Winter einen neuen, roten Shetland-Pulli. Er war mein Arbeitsgeheimnis. Ich lebte zwischen meinem Zimmer und dem Seminar, ohne aufzufallen. Es war die einzige Station in meinem Leben, die mich mit Lust erfüllt und mir Spaß gemacht hatte. Ich fuhr schon Freitagmittag in meine Heimatstadt, ging mit meiner Freundin, einer Sekretärin, und einem befreundeten jungen Paar ins „Cherie" tanzen. Den Mittelhochdeutsch-Schein bekam ich mit Bestnote.

Mela war eine Frau, die Fragen stellte! Vielleicht hatte sie auch nur ihre Vergangenheit eingeholt. Natürlich auch die unserer Familien. Aber wir hatten unsere Vergangenheit nur in Büchern gelesen. Nur durch Induktion waren die Verbundenheiten in uns hineingekommen und wirkten weiter. – Mela unterlief den gesellschaftlichen

Konformismus. Einmal hatte ich sie zusammen mit der Leiterin einer Kinderhospizes in einem Café gesehen. Später erfuhr ich, dass sie eng befreundet waren. Unsere Beziehung war schon dabei, sich in etwas Anderes zu verwandeln. In den letzten Nächten hatte ein paar Mal das Telefon geklingelt.

Jesteśmy gotowi! Odpływamy! sagte Mela dazu, als ich sie auszufragen versuchte.

Mein Gott, es war schon spät. Wir fuhren mit Witkowskis Wagen zum Warschauer Ghetto, das wir schon immer hatten sehen wollen. Man hatte eine Ruine stehengelassen, und ich war froh, dass alles soweit zurücklag. Die Ruinen beeindruckten mich sehr. Wie leicht war es, einen Menschen zu erniedrigen. Wie leicht es war, einen Menschen in eine Uniform zu zwängen. Wie gut, dass wir alle Ehrfurcht vor dem Leben hatten. Nach allem, was geschehen war, war Polen die einzige Alternative für mich. Ich war ein Intellektueller, der mit Büchern, Filmen und Theaterstücken großgeworden war. Intellektualität nützte nicht viel. Philosophen werden immer missverstanden. Vierhunderttausend Menschen hatten damals hier gelebt.

Wir flogen in einem Segelflugzeug mit und sahen die Küsten unten in schimmerndem Licht. Wir verstanden uns immer noch.

Wenn ich hätte wählen können! Schon die Wahl und die ihr zugrundeliegende Aufforderung war paradox. Mela schrie, wenn man Grundsatzdebatten verlangte. Oder sie verwarf eine Forderung durch buchstabengetreues Handeln. – In diese Zwangslage kam man nur, wenn man „logisch" handelte. Aber nicht nur logisches Denken, auch Vertrauen machte uns für diese Form der

Paradoxie anfällig. Menschen, die sagen „ich weiß, was ich weiß", ist weder mit Vertrauen noch mit Erklärungen beizukommen. Dann war alles kommunikative Denken Geheimdienstdenken.

10 Vom Weg abgekommen?

O hne dieses Substrat ist die Philosophie der letzten zweitausend Jahre nicht denkbar. Ich konnte nur noch lallen wie der scheintote Kneipenwirt in Finnegans Wake. Joyce hatte geschrieben: „Doch als ich beider Sacke war, auf einer vollen neuen seiner alten Basemitallischen, in Morgenaksion, PingePonge, bei gerade den Lichtiern der sturmtruppenden Wolken und im GlanzFlair der SchlachtBeile des Heroismus und mittendrinn unsereiner alleine mit dem Bitterakzent des Seraffihn und griff das pfilde Gerauch seiner Aural, Orankestank, der narrische Sattrap, wie Peder der Gräste, Gegenvatter, mein Bill versuckt jetzt die Allegians (gute Kuckehl) und, das ist keine Liege, ich babbelte und krummdolchte blärrend, TrinkJung, zu marken, zu skauern, zu nasseln, zu füßeln, tob tob rob renn weg, SolonggehtPaton. Plumpsig, wenn jemals falschbraucht, muß nun du's gebraucht werden!"

Witkowski hatte immer gesagt: „Die Systeme sind stärker als der Einzelne!" – Jetzt erfuhr ich es am eigenen Leib. Außerdem erkannte ich, dass Witkowski zum Alkoholismus tendierte, Mela nicht. Sie wäre die ideale Co-Alkoholikerin gewesen. Er trank beim Abendessen mäßig, sagte aber, vor dem Frühstück müsse er morgens neuerdings einen Cocktail haben. Die Cocktails waren hochprozentig. Trotz allem, was sich ereignet hatte, rieten Mela und ich ihm, damit aufzuhören. Manchmal trank er vor dem Frühstück zwei Daiquiris. Ich hatte mich auf Melas Denkwelt eingelassen. So allein war sie aber in ihrer Gedankenwelt nicht, denn auf der ganzen Welt bedienten sich schlaue Menschen dieser Gedankenwelt, um andere Menschen in ihre Denkmodule zu holen. Witkowski sagte zum Beispiel: „Also, dann bis heute Abend!" – Ließ sich dann aber drei oder vier Tage nicht sehen.

Warum sollte man sich über die Welt aufregen? Man war doch selbst die Welt. Auf der anderen Seite stand auch ein Mensch, ein Individuum, das sein Ego featuren wollte. – Als ich Mela kennenlernte, hatte ich den Wunsch gehabt, zu heiraten. Wahrscheinlich übersah ich deshalb so vieles. Ich brauchte nur Zeit, um das, was mir begegnet war, niederzuschreiben. Merkwürdigerweise zeigt Patricia Highsmith in einem ihrer Krimis, dass zu viel Jazz in die Selbstzerstörung führt. Folgen konnte ich dem nicht, denn ich war selbst Jazzliebhaber.

Für die Geschwister gab es nichts Fertiges. Ein Mann, der nur ein Mann war, war für Mela eine Ungeheuerlichkeit. – Mela war notorisch unpünktlich. Wenn man sie darauf hinwies, sagte sie, es gebe keine Zeit. Ich fragte mich, woher sie es hatte. Sie nannte es Willenskraft.

Ich zog mich in meine Räume zurück und las viel Joyce. Dieser Typ mit den stahlblauen Augen und dem schmalen Kinnbärtchen. Nora mit dem kastanienbraunen Haar. Das Dublin von 1904 mit seinen Bewohnern und seiner einzigartigen Stimmung. Unzerstört an seinen Geist gebunden. Hintergrund für alles, was noch aus seiner Feder kommen sollte. – Triest, das 1905 zu Dublin geworden war. Die Manuskriptstapel wuchsen, zwei Kinder kamen nach und nach, er hatte kein Geld. Das Leben an den Kais, in den Weinläden und billigen Restaurants. Triest war eine große, fast südliche Mischstadt und gehörte damals den Habsburgern. Die Menschen dort:

leutselig, witzig, areligiös. Ein Großteil der Einwohner
war Juden. Natürlich musste der Held des Ulysses ein
Jude sein, Leopold Bloom. Und das Vorbild für die Frau
des Helden, Molly Bloom, war die Frau des berühmten
Triester Schriftstellers Italo Svevo, Livia. Aber das Klima
änderte sich, das ihm am Anfang so gefallen hatte!
– Joyce schrieb an seinen Bruder: *Der Regen und die mil-
de Luft ließen mich an das schöne (ich meine das durchaus
ernst) Klima von Irland denken!* – Nach Irland sollte er in
seinem Leben nur noch einmal zurückkehren, aus dieser
italienisch-österreichischen Stadt und anderen europäi-
schen Städten.

Mela hatte die Fähigkeit, sich zu beherrschen. Im
Grunde war Mela eine Zigeunerin. Ich hatte mich ins-
tinktiv zurückgezogen. Warum, weiß ich bis heute nicht.
Eine Zeit lang belegte sie Philosophiekurse. Ich hatte
mir eine große Eigentumswohnung gekauft, um mein
Erspartes anzulegen. Witkowski hatte mitgeboten.

Wenn ich das Thema Geld zur Sprache bringen würde, würde Mela zu schreien beginnen. Samurai-Instinkt!
Ich wusste jetzt, was auf mich wirkte. – Alle „Kunst" kam
aus dieser Richtung. Ich hatte das Gefühl, dass das für
manche ungefestigte Leute anziehender und abgründiger
war als das Christentum. – Ich würde sofort Mormone
werden.

Philosophie? – Die Philosophie zwang einen wenigs-
tens zum Nachdenken! – Die Dichter beschäftigen sich
mit Negativem und dem Abgründigem. Mela begann
mit Ausdruckstanz. Mela sog sich in der Seele des Anderen fest, spielte Schicksal.

Die Philosophie interessierte mich nicht mehr, die Vergangenheit interessierte mich nicht mehr. Philosophie und Vergangenheit konnten nichts lösen. Die Psychologie schon gar nicht. Wenn etwas gegen die öffentliche Ordnung ging, konnte man Mela dafür gewinnen. – Psychotherapie? Mela zitierte dazu die Tochter von James Joyce, Lucia, die über C.G. Jung, den berühmten Freud-Schüler, gesagt hatte: *„Der Gedanke, dass so ein großer, dicker, materialistischer Schweizer versuchen könnte, meine Seele in Gewalt zu bekommen!"* Lucia vertraute nur ihrem Vater, und Mela hatte keinen mehr.

Die Sprache von Finnegans Wake war auch die Sprache seiner Tochter Lucia: „Er, der Suhn einer Hunre, ist ein Finn wie sie, sein Zelt Weib, ist ein Lap, zu Hause auf einem SchlachtRoß, draußen beim Feuer (um nicht von ihm zu reden, der getan hat, wasduweißt, wiedusahnst, alsduhörtest, woduwotst, der erkennbare Banker, generös wie Hahne, grützerisch mit Garzelle, aufrechtner des Zeit-Alters und Zörrnagendster unter harwester Cörpsus eBfreiung) und werauchemehr ihr in wieauchimmer Finnder rettet ihren Halter, der formt den Hompen, den sie gekauft hatte, um den Weind zu haltenm der die Gerste schlückelte, der Pflock in seiner SpeiseKammer, der die DärtzSchmätzen aus seinem Herzen fernhielt."

Mela soll einmal gesagt haben: „Denken ist blöd, es macht dumm!" – Der Schriftsteller eignete sich auch aus seiner Familie und seiner Bekanntschaft an, was er für brauchbar hielt.

11 Meditation

E inmal, *es war schon* dunkel, ging ich mit Mela, nach einem Spaziergang am Flussufer, an einer Pizzeria vorbei, vor der ein Haufen junger bis mittelalter Frauen stand, um italienisch zu essen und sich dann ins Nachtleben zu stürzen. In der Zusammenballung von Frauen sah ich eine Dunkelhaarige, vielleicht Türkin, hübsch, nachlässig frisiert, in einem dunkelgrauen Stepper (den damals fast alle Frauen trugen), die mich direkt und dunkeläugig aus der Menge heraus fixierte.

Mela sagte, als hätte sie die Zufälligkeit dieser Begegnung erraten: „Als wären Denken und Sprache ein Teil der Welt! Du siehst doch: Sobald man zu denken anfängt, gerät man in Widersprüche!"

Danach träumte ich, ich habe mit dieser Frau, die aus der Gruppe heraus meinen Blick gesucht hatte, Verkehr in einem alten Eisenbahnabteil mit Holzbänken. Später stand ein Mann vor der durchsichtigen Waggontür und hämmerte gegen die Scheiben. Ich wachte kurz auf und dachte: Der Traum bewegt sich vorwärts durch das schnelle Lügenkönnen des Unbewussten. Man kann im Traum in kürzester Zeit Lügengeschichten jeder Art produzieren. Solche Gedanken kommen durch Selbstbeobachtung.

Ich hatte Mela einmal nach ihrem Vater gefragt. Sie hatte geantwortet, er sei in den Bus gestiegen und nie wieder zurückgekommen.

„Hattet ihr euch gestritten?"

„Nein."

Ich träumte davon, wenn ich mit dem Auto am Fluss entlangfuhr, ins Thermalbad ging oder in die Weinberge kraxelte. Mela sah ein bisschen aus wie die Frau, mit der ich zum ersten Mal geknutscht hatte. Vielleicht war das der Grund für ihre Anziehung. Eine Stimme in mir flüsterte mir zu: „Sie ist die absolute Seele!" Die andere: „Sie ist ein Troll!" – Sie wusste genau, ich könnte haarscharf neben der Lösung stehen, ich würde es nicht merken.

Mela sagte oft, es gehe ihr um die Kunst. Wer aber bestimmte, was Kunst war? Die Leute aus der Szene? – Ich hatte sie ja alle kennengelernt. Malerei, Skulptur und Literatur! Wer sich auf das Spiel einließ, hatte schon verloren. – Mela wollte, dass man auch Andeutungen nachkam. Dann konnte sie später immer noch sagen: „Ich habe das Gegenteil gemeint."

Mela trug neuerdings Baskenmützen. Wer eine Baskenmütze trug, war immer dagegen, in allen Zeitaltern und in allen Regimes. Ich hatte mir ein Meditationsbuch gekauft, und wir hatten ein paar Mal zusammen meditiert. Man musste sich im Kopf aus seinem Haus, aus seinem Raum erheben und mit seinem Inneren über der Stadt schweben, dann über dem Land, dann über dem Kosmos. Es war auch Ausweglosigkeit. Aus all diesen Erkenntnissen kam aber immer noch ein Anklang von ihr.

Mela schlug einen Ausflug nach Südfrankreich vor, nur ich und sie. Witkowski war krank, er lag im Hospital mit einem Nierenstein. Wir fuhren mit meinem BMW (Elektrofahrzeug) bis Lyon, aßen etwas und landeten in Orange. Wir fuhren durch die braun-grüne Landschaft der französischen Seealpen, bis die Sonnenstrahlen hinter einer großen weißen Nebelwolke das Meer anzeigten. Wir fuhren die ganze Côte ab bis Monaco (einmal hatten wir Halt in Le Lavandou gemacht) und wieder zurück. In Cavaliaire sur mer checkten wir in einem alten, steinernen Hotel ein, jeder ein eigenes Zimmer. Ich war nicht besonders sportlich, aber ich hatte meine Sneaker dabei und lief jeden Tag fünf Kilometer die Seealpen hoch und wieder zurück. Dann stürzte ich mich ins Wasser, und Mela trocknete mich mit einem ihrer großen, weißen Handtücher ab.

Melas Zimmer ging zum Hof, meines zum Meer. Man frühstückte auf der Terrasse unter großen, weißen Sonnenschirmen. Der große, helle Retriever des Gastwirts strich um uns herum und bettelte. Das Meer war so unbewegt wie ein dunkles Laken. Mela ignorierte den Hund, ich fütterte ihn ein bisschen. Der Hund kläffte und verschwand wieder. Vom Meer aus sahen wir die Steinfassade unseres Hotels, man brauchte ja nur über die Straße zu gehen. Mela trank jeden Abend ein, zwei Flaschen Rosé. Südfrankreich war eine Pause. Mela sah auch im Bikini noch ziemlich gut aus. Ich trug Bermudashorts. Wenn Mela aus dem Wasser kam, zitterte sie vor Kälte. Der Besitzer des Hotels, der es ohne Angestellte führte, setzte sich ab und zu an unseren Frühstückstisch und plauderte mit uns. Der Ort war so klein, dass er nur aus ein paar Häusern bestand. Wenn wir die Berge hoch oder bis nach Marseille fuhren, war mein Wagen aufgeheizt wie ein Backofen. Manchmal parkten wir irgendwo und setzten uns an die grüne und flache See, in der sich der Himmel spiegelte. Wir tranken abwechselnd von dem Rosé, der in der Flasche ganz warm geworden war.

Manchmal zog sich Mela ganz aus, wenn sie im Sand neben mir lag.

Das Philosophiebuch, das ich mitgenommen hatte, lag unaufgeschlagen auf meinem Nachttisch. Manchmal aß ich zum Frühstück ein ganzes Baguette, nur mit französischer Marmelade bestrichen. Seeluft macht Hunger. Mela sah mich an, und sagte, ich sähe trotz meines Alters noch gut aus.

„Freut mich", sagte ich.

Die Fahrt zurück kam mir länger vor. Der Wagen hatte etwas an den Bremsen, und man musste die Pedale ziemlich weit durchtreten. Trotzdem schafften wir es bis nach Hause. Witkowski war wieder gesund. Er war guter Dinge und plante allerlei Neues. Er plante, wir drei sollten aus der katholischen Kirche austreten und evangelisch werden. – Alle drei? Die Fahrt nach Frankreich war ein Abschiedsgruß gewesen. Und Witkowski hatte ohne Belästigung gesund werden können.

Zu Hause musterte mich Mela immer wieder und sagte: „Du hast schöne Haare!"

Witkowskis Haus hatte einer Erbengemeinschaft gehört. Seit einiger Zeit gehörte es den Geschwistern allein. Als ich Mela beim Pferderennen kennengelernt hatte, war das Haus gemietet, und Mela hatte damals in dem neuen Haus jede Minute verbracht, manchmal mit mir, um eine Tasse Kaffee zu trinken. Witkowski hatte damals ein Alkoholproblem bekommen. Ich traute mich manchmal nicht, in das Haus zu kommen. Er saß vor dem Kamin, und wenn ich hereinkam, schleuderte er Holzstücke nach mir. Meine Angst provozierte ihn nur, und ich beschloss, meine Angst nicht zu zeigen. Ich wurde fischkalt. Fast so wie Mela. Man musste ständig aufpassen. Ich glaubte nicht, dass es der war, es war etwas anderes. Aber mein Herz klabusterte doch.

Sie wussten, dass ich mich irgendwann verabschieden würde! Gleichzeitig hörte ich aber in einem anderen Teil meines Gehirns eine Stimme: Das wirst du nicht! – Ich dachte dagegen: Wirst du doch! Ich hatte Gefühle und Gegengefühle, die ich nicht richtig zuordnen konnte. Warum hatte ich mich mein ganzes Leben zu gefühlskalten Frauen hingezogen gefühlt? Mela versuchte, mir in jeder Sekunde hinter vorgehaltener Hand etwas zu sagen. Ich merkte es nach zwei Stunden. Ihre Chemie hatte sich in den letzten Jahren, in denen wir uns kannten, stark verändert.

Einmal hatte ich einem Gespräch zwischen Witkowski und Mela zugehört. Als sie einmal abends spät nach Hause kam, hatte er in der Wohnhalle auf sie gewartet, mit einer Flasche Wein in der Hand.

„Wo kommst du her?" fragte er.

„Jazzclub", sagte sie.

„Ich möchte nicht, dass die Leute in der Umgebung anfangen, über dich zu reden."

Sie ging nach oben und schloss sich in ihren Schlafräumen ein. Was Mela konnte, war aus der Not geboren. Beide Geschwister gehörten eigentlich um Mitternacht in einen Kirchturm. Wenn Mela argumentierte, ging sie sofort ins Kleingedruckte. Sie wollte keine Befehle. Man hatte freiwillig zu ihr zu kommen. Sie engagierte sich im Kampf gegen den Klimawandel. Sie wusste: Wir leben in einem größeren Kosmos, als wir glauben. Empfindsam und entwurzelt.

12 Wieder zurück

Ich war froh, dass Anna wieder da war. Im Schach hatte sie mich meistens geschlagen, indem sie sich mit ihren Bauern, wie der französische Schachmeister Philidor, bis auf den letzten Blutstropfen verteidigte. Ich war zügig, unüberlegt und griff einfach an. Sie arbeitete immer mit ihren Bauern, und von ihrer Defensivstrategie ging sie nie ab. So hätte Polen vielleicht den Überfall abgewehrt. In den Kriegshandbüchern von Clausewitz stand, dass der Angreifer im Vorteil sei. Der französische Schachmeister des 18. Jahrhunderts, Philidor, hatte ihn widerlegt. Wenn Anna wieder da war, würde ich mich auch gegen die beiden Geschwister wieder verteidigen können.

Als ich Anna vom Flughafen abholte, erkannte ich sie kaum wieder. Sie trug einen grauen Wollrock, einen dunkelgrauen Pullover und darüber einen offenen roten Winterstepper. Sie sah aus wie ein Mannequin. Mela würde stieren und sich die Augen reiben. Witkowski würde mit dieser rauen Stimme sprechen. – Als wir im Taxi saßen, kehrte Anna mir ihr Gesicht zu und zitierte einen Satz aus den Tagebüchern von Witold Gombrowicz: *Ein Pole, der sein Gesicht dem Westen zukehrt, hat ein trübes Antlitz voller unklaren Ärgers, unvollkommenen Glaubens, geheimnisvoller Gereiztheiten.*

„Erklär mir das", sagte ich, „Gombrowicz ist gut, er verdrängt die gelebte Realität in seinen Romanen nicht. Ich glaube, dass man heute gar nicht mehr anders schreiben kann."

„Das Zitat ist von 1940", sagte sie, „da lebte er in Argentinien im Exil. Du hast ja alles schon selbst erklärt."

„Gombrowicz war der Pole per se, wie ich ihn mir vorstelle."

„Die Wahrheit kann auch der Roman nicht verdrängen", sagte sie. „Angesichts dessen, was sich zur Zeit in der Welt abspielt, ist es doch fast dekadent, einen Roman zu schreiben", fuhr sie fort, „die meisten Menschen interessieren sich nicht für existentielle Fragen. So ist die ganze Welt. Man kann nichts machen! Das Jahr in Polen war sehr anstrengend. Aber vorher war es normal. Mela versucht, dich mit kleinen Signalen zu berühren."

„Ja, ich weiß", sagte ich.

Zu Hause empfingen uns Witkowski und Mela mit einem prachtvollen Abendessen. Sie hatten gemeinsam gekocht.

„Hallo", sagte Mela, „wieder da?"

Anna lächelte nur abwesend. „Ja", sagte sie.

Mela stand noch am Herd mit einer sauberen blauen Schürze, Witkowski saß schon am Küchentisch, an dem wir immer aßen.

„Hallo", sagte er, „ich habe gerade das Gratin aus dem Ofen geholt." Anna stellte ihren Koffer auf einen Sims.

„Ich trag ihn nach oben", sagte Witkowski.

„Ich mach das schon", sagte ich. Der Koffer war ziemlich schwer, und als ich herunterkam, hatte Witkowski Kerzen angezündet. Wegen des Dunstes hatte Mela die Fenster aufgemacht.

„Kann ich helfen?" fragte ich.

„Wir sind fertig", sagte Mela. Der Tisch war mit französischem Besteck und großen grünen Stoffservietten gedeckt. Mela legte uns die Steaks, den Gratin und den Salat vor. Wir waren alle ein bisschen nervös, aber ich hatte das Gefühl: Ich hatte einen Schritt vorwärts gemacht. Anna erzählte von ihrer Gombrowicz-Lektüre, und Witkowski sagte, das sei ein richtiger Moralist. Anna sagte, Gombrowicz sei kein Moralist, er halte die Moral für kraftlos, abstrakt und theoretisch. – „Was gibt es denn überhaupt noch?" fragte Witkowski und Mela lächelte maliziös.

„Dann bin ich auch für Gombrowicz", sagte Witkowski.

„Er sagt: Kultur ist etwas, was mit dem Menschen keineswegs identisch ist", sagte Mela.

„Ohne Abstraktion auch keine Wirklichkeit", sagte Mela. Sie schien ein Stückchen weitergekommen zu sein. Ich hatte in letzter Zeit die Überzeugung gewonnen, dass sie dachte und auch mehr wissen wollte. Die Dielen, sie waren neu gelegt, knisterten sich in unser Schweigen. Draußen war es dunstig, und Mela verteilte den Nachtisch.

Nach dem Essen ging Witkowski nach draußen zum Rauchen. Er rauchte eine Zigarettenmarke, die es schon lange nicht mehr gab und die er gebunkert hatte. Mit Spitze. Anna und Mela räumten das Geschirr in die Spülmaschine, und durch das Fenster sah ich die schmale Gestalt von Witkowski, der an seiner Zigarettenspitze sog. Jetzt war er nicht mehr zu sehen, denn er war unter die Bäume gegangen. Diese großen, hochgipfligen Bäume, die mich manche Nacht durch ihr Windrauschen geweckt hatten. Anna hängte die nassen Geschirrtücher, mit denen die Schüsseln abgetrocknet worden waren, neben den Herd auf einen ausklappbaren Ständer. Witkowski kam wieder herein und bot uns allen vieren einen Grappa an. Wir lehnten ab, und Anna und ich gingen nach oben in unsere Zimmer.

Wir verbrachten die Nacht zusammen, denn die Gegenwart lässt sich ihr ungeheures Recht nicht rauben. Die Einbildungskraft brauchte kein Recht über das Wirkliche zu behaupten, denn ich war so froh, dass Anna wieder zurück war.

So lebten wir fast ein Jahr nebeneinanderher. – Ich wusste, worauf unsere Beziehung ruhte. Mela, die katholische Messen liebte, hatte mich eines Sonntags mitgenommen. In der Kirche war es kühl. Der Weihrauchgeruch entspannte mich. Ein Chor sang von der Empore. Mela versuchte, mich bei der Hand zu nehmen, aber ich zog sie zurück. Grüßte ein paar Gemeindemitglieder, die sie kannte. Nach dem Ende der Messe gingen wir als letzte aus der Kirche. Als wir nach Hause kamen und nach oben gingen, fanden wir die Halle leer. Ich ging die Treppe hoch in mein Zimmer, blieb vor der Tür stehen und hörte darin zwei Menschen laut flüstern: Anna und Witkowski. Die Konstellation beruhte also nicht nur auf chemischen Gleichnissen.

Manchmal waren wir zusammen. Witkowskis Verhalten änderte sich nicht. Es lag in der Atmosphäre, und ich spürte es (Mela auch), dass Witkowski und Anna zusammenwaren, wenn Mela und ich einmal weg waren. Mela wollte, dass ich sie in die teuersten Restaurants ausführte. Sie wollte etwas zurückhaben. Wir gingen in die teuersten Restaurants am Fluss, die schon längst ein oder zwei Sterne haben müssten. Es war das Ambiente der Sechziger, das uns gefiel und das die Beurteiler aus den

Gourmet-Zeitschriften scheinbar nicht mochten. Wir
aßen Wiesenlammkeule mit Aromaten gebraten, Tomaten provencale, Kartoffel-Zucchini-Gratin und alles
davor und dahinter. Die Frau des Kochs, die die Gast-
lichkeit vollkommen zelebrierte, kam an unseren Tisch
und unterhielt sich mit uns. Ihr Sohn war Küchenmeister
in einem großen Viersternehotel in Singapur. Mela antwortete, ohne etwas preiszugeben. Die Gäste gingen und
hatten alle das Gefühl, etwas Besonderes erlebt zu haben.

Mela sagte manchmal zu mir: *To chyba on się nie może
zdecyd o wać.* Sie meinte, ich solle zwischen der Illusion
der Alternativen wählen. Das Paradox war ihr Leben.

Es war Nacht geworden, und der Mond stieg über
die Bäume ihres großen Anwesens hervor. Die Wärme
lockte mich ins Freie, und ich ging durch die Garten-
landschaft und an den Villen vorbei, die sich um Witkowskis Anwesen herum ausbreiteten. Es ging steil nach
oben, und auf der Höhe lag die Universität, an der ich
einmal kurz als Dozent gearbeitet hatte. Es zog mich zu
ihr zurück. Die Front war überdacht, und ich setzte mich
auf die Stufen unter das Vordach. Nichts regte sich, die
Geschwister und auch Anna waren weit weg. Ich schlief
ein. Ein kurzer Traum sagte mir, dass ich mit Mela und
in ihrem schlanken, weißen Körper zusammen war. Ein
glücklicher Traum, ohne irgendein Ende.

Ich war doppelt gewarnt, denn ich hatte geglaubt,
Anna würde mit mir zusammenbleiben. Aber so wie
früher würde ich Anna nicht mehr sehen können. Mela
ebensowenig. *Sollen wir nicht so viel Vorsicht haben, uns zu
fragen, was werden wird?* Auszusprechen, was zwischen
uns vorgegangen war? In den Nahen Osten gehen und
gegen den IS kämpfen? Einen Rat von mir würden sie

nicht annehmen. Keiner hatte je etwas über die Zukunft gesagt. Der *unerbittliche Verstand* half hier nicht, denn man geriet sofort in die Mühlen der Vernunft. Ich wurde etwas gefasster. Ich war froh, dass ich nachdenken konnte.

Ich hatte die ganze Nacht unter dieser Universitätstraufe gesessen. Als ich in die Küche trat, wo alle schon beim Frühstück zusammensaßen, sagte Mela: „Meine Identität gibt mir der Staat, der für mich sorgt." Woher bekam ich meine Nationalität? Das Land, in dem ich geboren war, war Zufall, ebenso mein Geschlecht, meine Eltern und das Umfeld, in das ich hineingeraten war.

„Ich habe es ja gesagt", sagte Witkowski, „du hast überhaupt keine Nationalität."

„Lies Gombrowicz", sagte ich, „dann wirst du wissen, wer ein richtiger Pole ist. Wer widersteht schon seinem Umfeld?"

Er sagte: *Toren und gescheite Leute sind gleich unschädlich. Nur die Halbnarren und Halbweisen, das sind die Gefährlichsten.*

Er war davon überzeugt, dass er der bessere Goethe-Kenner war. Jedes Wort, dass ich gesagt hatte, hatte ihn weitergebracht. Beide Geschwister hatten sich in Goethe eingelesen, um mir Paroli bieten zu können.

Anna war ausgezogen und zurück nach Polen gegangen. Ich hörte nichts mehr von ihr, aber Witkowski erwähnte ihren Namen oft.

Aussitzen konnte ich Mela nicht, denn sie war viel jünger als ich. Mela las jetzt Rachel Cusk, und die gefiel mir fast noch besser als Sally Rooney. – *Nur ein echtes Gefühl kann einen Menschen verändern*, hatte in einem ihrer Bücher gestanden. Dann musste auch etwas für

Mela und ihren Bruder dabei sein. Ich glaubte es nicht.
Ich hatte keine Lust, mich innerlich zu zerreißen.

13 Start again

Von dieser Zeit und dem Augenblick an lebte ich in vollkommener Willensferne. Ich empfand meine nichtssagende Tätigkeit nicht als Vergnügen. Ich betrachtete mich im Spiegel und sah einen blassen Mann mit roten Flecken unter den Augen. Ab und zu dachte ich zurück. Ich begegnete den beiden mit der gleichen Oberflächlichkeit wie sie mir. Was man dachte, brodelte im Untergrund. Vor einigen Jahren hatte ich einen Literaturpreis bekommen. Männer saßen in der Jury, Männer bekamen die Preise.

Ich erinnerte mich, dass Mela, ganz jung, schon einmal verheiratet war. Ich hatte jemand zum Zusammenleben gesucht und hatte diese schöne, fleischige Frau gefunden. Vielleicht hatte sie mich sogar aus meinem verfehlten Leben gerettet. Einbildung war schon immer ein gangbarer Weg gewesen. Mela, so hatten mir alle erzählt, hatte schon als Kind Herrschaft über alle ausgeübt. Sie wusste, was das Nichts war. Die Seele war ein unaufgelöstes Rätsel.

Als ich mit Mela die zwei Wochen in Frankreich war, war Witkowski war bei unseren Strandspaziergängen innerlich dabei gewesen. Ich wusste aber immer, wer ich war und worauf ich meinen Willen richten wollte. Der Altruismus ist die Insolvenz des Egoismus, dachte ich. Mussten nicht jede Frau und jeder Mann ein bisschen ihre Pflicht tun? Ich hatte ihr das damals, als wir uns kennenlernten, gesagt. Sie hatte geantwortet, dass ich mich vor der seelischen Überlegenheit der Frau fürchte.

Die Tage gingen dahin, und wir trafen uns noch einmal auf Witkowskis Landsitz in Polen. Die Baumgruppen im Park des Landguts standen sanft, in kleinen Gruppen. Auch ein Teich war da. Der Landsitz, ein kleiner Bauernhof aus der Vorkriegszeit, das Haus mit zwei Erkern, gelb getüncht, lag im spärlich besiedelten, trockenem Ackerland. Da die Straßen unwegsam und aufgebrochen waren, kamen wir mit einer Kutsche, die mir Witkowski zum Bahnhof des nächstgelegenen Ortes geschickt hatte. Witkowski sah aus wie immer, vielleicht ein bisschen zu schwer. In der Küche stand Mela und zeigte den zwei Hausmädchen, wie sie das Mittagessen vorzubereiten hatten.

„Wollen Sie mit in die Kirche fahren?" Witkowski siezte mich plötzlich, als hätten wir uns nie gekannt.

„Ein Cousin will auch noch kommen", sagte er.

Ich hatte keine Lust, einen weiteren Verwandten von ihnen kennenzulernen. Ich wusste schon jetzt, dass ich nicht lange bleiben würde. Man musste im Leben immer mit wechselnden Freunden zurechtkommen. – Die Kirche war eine einfache Landkirche, an der die Kriege, die Revolutionen, die Massakrierungen, der Kampf, die Unfreiheit und vielleicht sogar die polnischen Teilungen vorbeigegangen waren. Vor dem Portal standen ein paar Leute, mit denen sich Mela und Witkowski unterhielten. Die versuchten, mich mit ihren Blicken zu röntgen. Im Halbdunkel der Kirche brannten einige Kerzen, und auch einige bekannte Familien begrüßten die Geschwister mit Kopfnicken. Ich staunte, als sei ich in ein anderes Jahrhundert zurückversetzt worden.

Der Pfarrer trat vor den Altar und begann die Messe. Er kritisierte die Maßlosigkeit unserer Zeit. Die

Ministranten machten mit, und es roch nach Weihrauch. Die Messe kam mir kosmisch vor, aber auch erschreckend, jedes Ritual war festgelegt. Wir knieten nieder, und dann erklang das Glöckchen zum Zeichen, dass wir uns erheben konnten. Ich wurde müde und dachte an die Rückfahrt in der rumpelnden Kutsche und merkte, dass ich trotz allem schläfrig wurde.

Handlung und Personen dieser Erzählung sind frei erfunden. Ähnlichkeiten mit Lebenden oder Toten sind rein zufällig.

Die eingearbeiteten Zitate aus „Finnegans Wake" stammen aus der genialen Übersetzung von Dieter H. Stündel. Darmstadt 1993.

Einige Anregungen verdanke ich Rudolf Borchardts „Dantes Vita Novo".

Argonautin

Die Schuhe hatte sie ausgezogen und lag mit geistesab-
wesendem Blick auf dem Sofa.

Anita Brookner, Ein Start ins Leben

Vor dem Abend

S ie hatte Schriftstellerin werden wollen und dachte, Slawistik und Kreatives Schreiben an der Universität Breslau wären für sie der richtige Einstand. Sie mochte den polnischen Schriftsteller Witold Gombrowizc. Ihre Großeltern stammten aus Breslau, und sie erinnerte sich daran, dass ihre Großmutter ihr erzählt hatte, dass sie sich vor dem struppigen Bart ihres Mannes geekelt habe, als der nach langer Kriegsgefangenschaft in Russland nach Hause kam. – Die Autobahn (Würzburg, Dresden, Görlitz). Von ihrem Heimatort Mainz hatte sie sieben Stunden gebraucht.

Die Autobahn war nicht sehr befahren. Ihr Auto hatte sie unbedingt mitnehmen wollen. – Sie hatte über das Internet ein Appartement in der Nähe des Magnolienparks gefunden, in einem großen, etwas verfallenen Haus. – Sie meldete sich bei der Concierge, räumte ein und fuhr in die Stadt. Ein Parkplatz war leicht zu finden. Auf dem Marktplatz verzauberte ein Straßenkünstler die Kinder mit Seifenblasen. Die alten Häuserfassaden waren schön renoviert und alle Kriegsschäden beseitigt. Sie ging in ein Straßencafé am Markt und setzte sich auf den einzigen freien Platz in der Fülle, einem Mann gegenüber. – Sie hatte gehört, dass die polnischen Männer charmant seien.

Sie bestellte sich einen Daiquiri und kam mit dem Mann am Tisch ins Gespräch. Er war Lastwagenfahrer und sehr muskulös, relativ gutaussehend. Ein Deutscher in Polen. Nicht alltäglich. Zwischen Mann und Frau gingen Schwingungen hin und her. Nach einer halben Stunde Gespräch ging sie mit. – Gleich ins Bett. – Sie blieb dabei kühl und freute sich, wie er sich abmühte. Es machte ihr gar nichts aus, sich zu unterwerfen. Hinterher lagen sie nebeneinander und rauchten. Sie war immer mit Älteren zusammen gewesen. Ein Fehler? Wenn man überhaupt von einem Fehler sprechen konnte. Er erzählte, dass er in der Goethe-Gesellschaft war, obwohl er dort nicht hingehöre. Sie war auch Mitglied und konnte sich mit ihm darüber unterhalten. Sie wusste nur ganz wenig. Aber ein Lastwagenfahrer! – Er betrachtete sie lange von oben bis unten und sah eine große Frau, der es Spaß machte, die Männer zu beobachten. – Ihr träumerisches, nur zur Seite gewandtes Gesicht, als würde sie in die Zukunft schauen.

Jetzt fehlt nur ein schönes Kaminfeuer und Schnee, dachte sie. Dann muss man diesen Ofen nehmen, aber da sind die Schornsteine zugemauert. Adventskerzchen, der Teewärmer, den man gar nicht braucht hier für die Kanne. Ich mach' trotzdem mal eins an, ich find' das ganz nett. Er sagte, er schreibe an einem Buch. Dauert vielleicht noch, aber in zwei Jahren sei es fertig. – Er war doch Lastwagenfahrer. Dann war sie eine Pflanze. Was sie wollte, holte sie sich als Frau. Er schaute auf das Bettzeug, das Flecken hatte.

„Vielleicht sind ein paar Harpyien darüber geflogen", sagte Marina, „diese frechen Vögel, die alles beschmutzen." Er fühlte Stolperdraht unter seinen Füßen. – Von ihr war im Café ein starker Ruf nach Hilfe ausgegangen.

„Ich schreibe heute über Sachen, die ich früher in einer Zehntelsekunde weggewischt hab'", sagte sie, „ich fühle mich wie Jennifer Jones, wenn sie im roten Kleid den Boden wischte."

Loch in der Seele

S ie machte eine Denkpause. Er hatte sich aufs Bett gesetzt und schon die Schuhe angezogen, zog sie wieder aus und legte sich hin. Sie hatte eigentlich keine Lust mehr. Er lachte ein bisschen und sagte: „Das sind doch alles nur Ausreden!" Da fiel sie ihm in die Arme. Sie konnte seine Muskeln spüren und küsste ihn auf die Wange. Sie kannten sich jetzt drei Stunden. Er hatte einen Fernsehapparat vor dem Bett stehen, und sie hatte Lust, fernzusehen. Aber sie versank in der Wärme des Daunenbetts. Er lachte, und als sie ihn fragte, worüber, antwortete er: „Über nichts!" – Sie würde seinem Scheitern folgen, dem Scheitern der Männer. – Warum habe ich eigentlich nicht längst geheiratet? fragte sie sich. Hingegeben hatte sie sich, jedenfalls glaubte er das. Oder war sie erfolgreich verführt worden? Sagen konnte sie nichts. – Sie machte sich auf und wollte gehen. Seine kleine Wohnung lag am Ende einer großen Halle.

Sie schaltete das Licht ein, um durch den riesigen Raum zum Ausgang zu kommen. Er kam hinter ihr her und fragte sie nach ihrer Handynummer. Sie gab sie ihm. Durch seine offene Wohnungstür sah sie, dass sie nicht auf einem Bett gelegen hatten, sondern auf einem dicken Matratzenlager. In einer Ecke des Raumes stand sogar ein Cembalo, das sie übersehen hatte. Einen Augenblick dachte sie daran, noch einmal mit ihm zurückzugehen. Aber sie hatte keine Zeit. Er sollte auch keine Gelegenheit bekommen, nein zu sagen. Sie hatte sich einfach auf ihr Zeitgefühl verlassen. In einer völlig fremden Stadt. Am ersten Tag. Aber sie hatte jetzt das Gefühl, angekommen zu sein. Sie hatte Gottseidank nicht versucht, ihn ärgerlich zu machen, und er hatte sie am Telefon für nächste Woche zum Essen eingeladen. Sie trafen sich wieder am Marktplatz. Das sanfte Plätschern des wellenförmigen Brunnens vor dem neuen Rathaus. Sie hatte keine Lust, die dreihundert Stufen des Turms der Elisabeth zu erklimmen. Nach Norden zum Universitätsplatz. Sie hatte keine Lust, irgendein Museum zu besuchen. In eine Strandbar am Oderufer wollte sie auch nicht. Der Mann kannte das alles, er war doch Lastwagenfahrer. Sie sah ihn jetzt richtig an. Er war groß und voller Muskeln. Aber sein schäbiges, ein bisschen beflecktes Jackett und die ziemlich ausgebeulten Jeans. Zu seinem Outfit hätten am besten Sneaker gepasst, aber er trug abgelaufene Lederschuhe. Sein langes, hungriges Gesicht, der intelligente Ausdruck seiner dunkelbraunen Augen. Trotz alldem sah er manchmal traurig und ein bisschen verloren aus. Vielleicht sah man ihm die Alkoholsucht, von der er erzählt hatte und die er angeblich hinter sich hatte, noch ein bisschen an, denn er versuchte bei jeder Gelegenheit seine Würde zu wahren. Das gab ihm das Flair einer immensen Größe. Vielleicht war er ja ein polnischer Herzog.

Sie machten eine kleine Pause im *Coffee Planet* auf der Westseite des Marktes. Jetzt bekam sie Hunger. Sie hatte Lust auf etwas Thailändisches. Er brachte sie zum *Woo Thai*. Die Sachen waren preiswert, aber scharf. Sie bezahlte. Dann fuhren sie wieder in seine Halle. Sie legten sich angezogen auf die einfache, aber doch luxuriöse Schlafstätte. Sie beugte sich über Jason. Jason legte seinen Arm um ihre Brust und drückte sie an sich. Es wurde doch gut, und sie war froh, ihn neben sich zu haben. Sie war schon beim Essen froh darüber gewesen, bei jedem Bissen. Sobald man sich mit einem einlässt, tut man das Falsche, dachte sie. Da sieht man, dass Sich-Mögen mit geistiger Verwandtschaft nichts zu tun hat. Sie wusste nicht, ob sie sich selbst gegenüber aufrichtig war. Dummtolerant wollte sie nicht sein. – „Du tätest es ja nur", hatte in einer Erzählung von Thomas Mann gestanden. Das war genau das, was sie sich im Augenblick erlaubte.

Jason fragte sie: „Hast du sonst noch irgendwas Aufregendes erlebt heute?"

„Mein Computer ist abgestürzt heute, ich hab versucht und versucht."

Sein Onkel Pelias hatte gerade eine Prostata-Operation hinter sich gebracht, erzählte er. Man hatte ihn im Krankenhaus auf dilettantische Weise operiert, und nach der Operation behielt man ihn da. Er hatte zwei Tage geblutet, und die kranke Vorsteherdrüse war immer noch drin. Keiner der Ärzte wusste, wieviel kranke Zellen herausgeschabt worden waren. Danach hatte man ihn zu seinem Urologen geschickt. Er sei geheilt und könne sein bisheriges Leben weiterleben. Nach einem Jahr waren die beiden Beckenschaufeln und die Oberschenkelknochen befallen. Jason hatte sich gerade noch ein Jahr um Pelias kümmern können, bevor der Onkel starb.

Der beste Freund seines Onkels war Arzt gewesen und hatte ihm erzählt, dass der Leiche als erstes der Bauch platzte. Die Fingernägel wuchsen noch weiter. Dann wird alles von den Maden gefressen. Die Leiche ist keine Art Mumie. In Hitchcocks „Psycho" wird die tote Mutter im Rollstuhl ja auch konserviert. Marina sagte zu Jason: „Lass dich doch einfach mal zur Probe begraben. Dann warten wir mal, und du sagst ‚Hallo, ich bin noch nicht ganz tot'. Aus dir wird mal was, mein Junge." – Er antwortete: „Im Moment lese ich ‚Die Liebe in den Zeiten der Cholera'."

Er dachte: Vor nichts oder niemandem zurückschrecken. Werde sie demnächst wohl auch im Nachthemd sehen. Würd sie gern mal in ihrem Appartement sehen und dort die Lippen dieser jungen Studentin mit meinem klaren Speichel befeuchten. – „Deine Brustwarzen", sagte er. – „Du hast doch noch nie so eine gesehen", erwiderte sie.

Wach auf

*I*hre Unterhaltung wurde zum Gedankensalat: Er war Lastwagenfahrer. Aber er war kein bewusstloser Mensch. Es waren winzige Dinge, mit denen sie faszinierte und Atmosphäre erzeugte. Sie dachte wohl, ihre Lügen seien eine ganze andere Art von Wahrheit. Sie hatte etwas Toxisches, er sah das, obwohl er Lastwagenfahrer war. Er war jetzt fünfunddreißig, und so hatte er als Teenager mit seiner Mutter um ein junges Mädchen, seine erste Freundin, konkurriert.

Ihr süßes, verwirrtes Denken! – Er hatte sie aus der Sprachfalle herausgeholt, und er war sich sicher, dass sich das irgendwann gegen ihn wenden würde. Er würde sich, mit noch weit unter vierzig, nicht mehr auf vermintes Gelände locken lassen. Ja, er DACHTE! – Das Denken war die Zahl! Die Zahl täuschte. Die Erkenntnis durch die Zahl war Selbstbefriedigung. Dann täuschte das ganze sogenannte „Denken". Marina müsste um seine Persönlichkeit wissen. Vielleicht war sie eine Frau, die in die Welt gekommen war, ihren Dienst verrichtete und stumm wieder ging. Ihr stand eigentlich mehr zu! Wie konnte er dem beikommen?

In diesem Augenblick stand sie auf und zog sich an. Sie trug Tweed und Caro. Ganz schön teuer für eine Studentin aus Deutschland. Als sie fertig war, setzte sie ihre Brille auf! Jetzt sah sie noch besser aus. Kluge Kommunikation war Taktik. Alles Andere verlief amöbenartig.

Eine Woche später trafen sie sich im Botanischen Garten auf der Dominsel. Er hatte manchmal den Eindruck, sie käme aus der Freakszene. Er zeigte ihr die

zwölftausend verschiedenen Pflanzen. Früher wurde dort in kleinen Läden Fleisch und Wurst verkauft.
Alles Andere interessierte sie nicht mehr. Dann gingen
sie wieder in seine Halle, und sie sagte: „Kannst du dir
nicht 'ne bessere Wohnung leisten?" – Er sagte: „Ist doch
schön hier!" Nach dem Sex verfielen sie wieder in ihren
Gedankensalat: Du hast dich gar nicht verändert. – Ehr-
lich? sagte Marina. Aber ich bin heute überhaupt nicht
geschminkt, und du siehst nicht schlecht aus. Du hast
so'n intensiven Blick und siehst auch richtig männlich
aus, gelöst. Es wird ja nicht mein Einfluss sein.

Es wurde Morgen, und sie frühstückten.

Er sah sie an, wie sie hinter dem schmalen Tisch mit
dem Brötchenkorb saß. Frische polnische Brötchen jeden
Tag, sein einziger Luxus! – Die große, weiße Teekanne
verdeckte ihren Blick. – Im Hintergrund ein kleines,
uraltes Vitrinenschränkchen mit ein paar Büchern. – Sie
hatte einen weißen Bademantel von ihm mit hellblau-
en Streifen übergestreift, der halb heruntergeglitten war
und ihre wirklich schönen Schultern freilegte. Ihr Pony
reichte ihr fast bis über die Augen. – Ihr Haar, ein wenig
naturgekräuselt, so lang, dass es bis fast auf den zerwühl-
ten Sessel reichte, auf dem sie saß. – Er goss ihr eine Tasse Tee ein, und sie verbrannte sich gleich die Lippen. –
Ihr Blick: Aufmerksam, aber ohne zu kontrollieren. – Sie
sprachen über ihre Familien.

Seltsame Welt

Merkwürdiger Typ, dachte sie. Hochintelligent, hochkonzentriert. Verheiratet? Vielleicht? Geschieden? Mit 'nem sehr guten Literaturverständnis, auch mit einem guten Instinkt für Werbung. Also, aus dem könnte noch was werden.

„Meine Großmutter hat an der Hochschule für Lehrerinnenbildung studiert", sagte Jason. „Dann ist sie zurück in den Osten gegangen. Kannst du dir das vorstellen, warum? – Weil die gesponnen hat. – Wieso denn? – Gute Frau, studiert, heiratet dann sofort. – Ich hab' nach dem Tod meines Vaters erst etwas von ihm erfahren."

In ihrem Kurs über Kreatives Schreiben hatte Marina die amerikanische Schriftstellerin, Lyrikerin und Briefeschreiberin Anne Sexton kennengelernt. Anne Sexton hatte von 1928 bis 1974 gelebt, früh geheiratet und war seit der Geburt ihrer beiden Töchter in psychiatrischer Behandlung gewesen. Es muss in ihrer Familie Übergriffe gegeben haben, und vor ihrem Freitod hatte sie mehrere Selbstmordversuche verübt. Ihre Gedichte waren die Vorläufer der modernen Bekenntnisdichtung, und Marina wollte, wenn sie einmal zu sich selbst gefunden hatte, auch diesen Weg gehen. Anne Sexton interessierte sie ebenso wie der polnische Jazz, der in Europa zu den wirklich Größten gehörte. Warum Marina die seelische Erkrankung der Autorin interessierte, wusste sie nicht, denn sie selbst war in einer intakten Familie groß geworden. Den Jazz erlebte sie mit Jason gemeinsam.

Die amerikanische Bluesband Gov't Mule im nationalen Musikforum am *Plac Wolnosci*.

Anne Sexton hatte versucht, die Realitäten, die ihre Glücksvorstellungen trüben könnten, auszublenden, liebte und demontierte ihren Vater. Versuchte, das Böse in sich zu erkunden. War mit allen ihren vielen Psychotherapeuten im Bett gewesen. Ihren Tod hatte sie hemmungslos inszeniert. Anne Sexton war früh auf ein Internat geschickt worden, weil ihre Eltern merkten, dass sie „verrückt nach Jungen" war. Allen Jungen, die sie kannte, schickte sie Briefe mit dem Hinweis, dass sie Cabrios liebe und selbst eins habe. Oft hatte sie versucht, aus ihrer Ehe (das einzige, was sie noch im Gleis hielt) auszubrechen. Sie liebte es, mögliche Schwiegersöhne in die Familie zu holen und sie dann in den Hintern zu treten. Allabendlich die rituelle Einnahme von Schlaftabletten. Auch wenn man weiße Gartenzäune aufstellte, konnte man nicht verhindern, dass Alpträume kamen.

„War sie krank?" fragte Jason.

„Irgendwie schon", sagte Marina, „aber die Lehrbuchkriterien trafen auf sie nicht zu. Die Schizophrenie ist eine Form der Weltbewältigung. Verschafft Allmacht. Anne Sexton schrieb Gedichte. Bildsprache war auch ein Denkmodus. – Sie sagte: „Ich möchte mich umdrehen, und alles soll rückwärtsgehen."

Jason sagte, er sei nicht immer Lastwagenfahrer gewesen, sondern Kreativdozent an einer polnischen Universität. Er habe nebenbei in einer Bar gearbeitet und dort so viel trinken können, wie er wollte. Habe dann wegen seines Alkoholismus eine Therapie in Deutschland gemacht. Er sei in einer großen Suchtklinik in Heidenroth in der Eifel gewesen und habe eine so gute

Erinnerung an seinen charismatischen Therapeuten. Marina sagte: „Erzähl es doch!" Er fing sofort an.

Jasons Erzählung

Die Klinik lag in Rheinland-Pfalz in der Eifel. Mit dem Alkohol musste Schluss sein! In einem schmalen, asphaltierten Sträßchen, links und rechts die kleinen Siedlungshäuschen. Die Abzweigung zur Klinik, und am Straßenrand, zwei auffällige Bruchsteinhäuschen, dicht aneinandergeklebt. Dahinter die Häuschen der Kleinkrämer, meistens Hilfskräfte in der Klinik. An schönen Tagen flutete die Sonne durch das Gässchen hindurch, sie kam von Süden. Dann begann das Neubaugebiet, wo die Klinik lag. Zwischen den Neubauten gab es schmale, rötliche Klinkerhäuschen. Auf der rechten Straßenseite parkten die Autos. Der ganze Ortsteil war mit diesen gemischten Häuschen gesprenkelt. Ich lernte viele Leute kennen. Sie grüßten mich. Nähere Bekanntschaften gab es nicht.

Der Klinikchef war der Amerikaner George Bruloff, Spezialist für Alkoholismus. Er wurde mein Coach, und ich dachte, wenn ich so ein Buch wie sein *On That Side of Awakening* schreiben könnte, müsste ich mit einer jungen, ruhigen Frau zusammenleben, in einem großen, eigenen Haus im Maifeld nahe dem Krankenhaus der Barmherzigen Brüder. – Am Horizont die erloschenen Vulkane. Bruloff schrieb Bücher über Existenz und Non-Existenz, alternative Wirklichkeiten, Zenbuddhismus, Chaos, Liebe. – Er schrieb über das Bewusste und Unbewusste bei Pflanzen und Tieren. Tiere und Pflanzen siedelte er in seiner Hierarchie höher an als Menschen. Er war ein Philosoph (obwohl Mediziner), aber er hatte nicht

Philosophie studiert. – Während ich seine Bücher las, musste ich im Kopf dies und jenes von ihm korrigieren:

Ich bin ein Teil des Ganzen, und ich bin mir der unendlichen Empfindlichkeit des Systems bewusst, zu dem ich gehöre. Seine Struktur hängt sogar vom kleinsten Teil ab, und das kleinste Element, durch das das gesamte System unkalkulierbar wird, ist der unbekannte Attraktor.

Er hatte in den USA in Kreisen gelebt, aus denen viele Nobelpreisträger hervorgegangen waren. Bruloff war weit gekommen. Aber wie viele selbstgestrickte Philosophen hatte er die Rolle der Sprache unterschätzt. Man konnte natürlich sagen: „Ich nehme die Sprache, die Welt, die Bezeichnungen einfach hin." Das würde heißen, man verzichtet auf jede Art des (gottgegebenen) Denkens.

Bruloff war 1926 als Sohn eines geflüchteten zaristischen Offiziers in Paris, in der Emigration, geboren. Er hatte mit fünf Jahren durch eine Streptokokkeninfektion (es gab noch kein Penicillin) ein Bein verloren. Angesichts dessen ist seine Karriere ungeheuerlich. Er studierte Medizin, heiratete eine deutsch-baltische Frau, emigrierte in die USA, arbeitete dort als Psychotherapeut und kehrte, weil seine Frau sich in den USA unwohl fühlte, nach Deutschland zurück. Er war Leiter dieser großen Suchtklinik in Heidenroth in der Eifel. Als Bruloff im Alter und nach dem Tod seiner Frau wieder in die Staaten zurückging, habe ich jeden Montagabend eine Stunde mit ihm telefoniert. Er wohnte in Madison/Wisconsin in einem luxuriösen Seniorenheim. Ich will nicht erzählen, wie er über Amerika dieser Zeit urteilte. Bruloff hatte im Leben nur eine Frau gehabt. Keine Geschichten – weder vorher, nachher oder nebenbei! Deshalb sein hartes Ethos bei den wenigen Menschen, die er an sich heranließ. Er wusste, dass ein Versprechen mit einem einzigen Wort relativiert werden konnte.

Dumme Leute in Deutschland, auch in den USA, die ihn nicht verstanden, warfen ihm vor, er wisse nichts über die aus dem Kopf erfundenen Grundlagensätze der Mathematik. Er blase nur Assoziationen über willkürlich erfundene Doppelentitäten heraus. Bruloff ließ sich von den Maulhelden nicht bluffen. Er wusste, dass wir nichts anderes hatten als die Sprache, um uns mit den Dingen um uns herum auseinanderzusetzen. In „Coming of Age", seinem spirituellsten Buch, schrieb er:

Trotzdem muss ich mich vehement gegen das übliche Konzept wehren, das alle größeren Religionen und den Infantilismus durchdringt, die eine Art Glauben widerspiegeln. Wenn ich die Vorstellung von einem Gott akzeptiere, kann ich sie nicht aus mir selbst herauslösen, weil das lediglich zeigt, wie sehr ich von der Polarisierung meiner Gedanken abhängig bin.

Ich lernte damals Angelika kennen. Manchmal klingelte sie, wie aus dem Nichts in der Abendluft stehend, und brachte frische gebratene Koteletts mit Gratin. Wir aßen alles. – Abends fuhr ich manchmal zu ihr ins Nachbardorf. Sie hatte eine Riesenwohnung, damals noch zusammen mit ihrem Mann. Nach der Scheidung zog sie „aus Vernunft" in eine kleinere Wohnung im selben Dorf. Wurde ärgerlich, wenn ich sie zu selten besuchte.

Ich hatte in den Romanen von John Updike Ähnliches gelesen, aber mit dieser Frau ging es weit darüber hinaus! Aber im einzigen gemeinsamen Urlaub hatte ich es nicht neben ihr ausgehalten, und wir mussten nach drei Tagen zurückfahren, obwohl sie in ihren hautengen, dünnen, pinkfarbenen Badeanzügen eine Augenweide war. Wir waren oft in der Eifel, meist in Maria Laach, um da im Maar zu baden oder in Schalkenmehren, wo es auch ein großes, schönes Maar gab, in dem wir uns gegenseitig, bis zu den Hüften im Wasser stehend, mit der neuesten Spiegelreflex fotografierten. Maria Laach mit seinem Kloster, den Kühen, den weiten Wiesen und den Knüppelzäunen erfüllte uns mit seinem Fluidum. Ich fotografierte vom Ufer aus die Enten im See, und tatsächlich trug eines der Boote, das im See vertäut war und ins Bild hineinragte, die Nr. 66. Die Wanderungen auf dem schmalen Pfad rings um den See.

Undenkbar?

B *ruloff erzählte viel von der Zeit,* in der er im besetz-
ten Paris aufgewachsen war. Er hatte früh das
rechte Bein verloren, und da ihm das Unten verwehrt war,
wandte er sich dem Oben zu. Er bastelte sich mit zehn
Jahren ein Teleskop und sah die Mondkrater, die Saturn-
ringe, die Milchstraße. Seiner Mutter gefiel sein Streben
nach Erkenntnis. Sein Vater, der unter dem Zaren zum
höchsten Adel Russlands gehört hatte, hielt sich in Paris
als Taxifahrer und Wachmann über Wasser. Er verpulver-
te sein bisschen Geld in den Pariser Nachtklubs, während
seine Familie verhungerte.

Als sein viel jüngerer Bruder zur Welt kam, beglei-
tete Bruloff (zehnjährig) seine Mutter, humpelnd, auf
dem Weg ins Krankenhaus. Er war jetzt der Vater. Waren
seine Eltern *old world people* gewesen? – Ihn beschäf-
tigte vor allem die Frage: Besaßen Tiere Bewusstsein?
Bewusstsein nannte er *die Totalität aller Gedanken und
subjektiver Erfahrungen.* Er war davon überzeugt, dass
alle unsere Co-Kreaturen Bewusstsein besaßen: Kat-
zen, Pferde, Schweine oder Delphine. Was war mit
dem Frosch, dem Fisch, dem Wurm? – Den Insekten,
den Bienen, den Fliegen, den Flöhen? Der Seeanemo-
ne, der Amöbe, der Mikrobe, dem Virus? Dann war das
Bewusstsein eine Chimäre. – Die gesamte Naturwissen-
schaft war Vermenschlichung. Ich glaube aber auch, dass
er seine non-dualistische Philosophie auch der Tatsache
verdankte, dass er nur einen Fuß hatte. Manchmal hatte
ich das Gefühl, er überschätzte sich. Ich hatte mich nie
mit Kosmogonie beschäftigt.

Bruloffs Mutter kam aus Riga, *unknown to herself* (so Bruloff), die ihm endlose Geschichten über ihre Kindheit und Jugend erzählte, den Ersten Weltkrieg und *the arrival of the Bolshevikes*. Seine Mutter hatte Modedesign in Berlin studiert, wo sie seinen Vater kennengelernt hatte. *Aufgrund ihrer absoluten Einsamkeit fanden sie zueinander und beschlossen zu heiraten.* Bruloff glaubte, dass das die Quelle ihres Unglücks war. Bruloffs Vater hatte auf Seiten der Weißen gegen die Bolschewiken gekämpft. Vielleicht verdankte Bruloff seine Streptokokkeninfektion dem Unglück seines Vaters. Die Familie war staatenlos geworden.

Bruloffs Mutter war eine junge Frau, die für die Deutschen arbeitete, schneidern und stenografieren konnte, die deutsche Sprache beherrschte und mit den Besatzern zusammenarbeitete. Sie zog sich schön an, weigerte sich aber, ihren Mann in die Pariser Nachtclubs zu begleiten, wo er seine Freunde traf und das bisschen Geld verspielte. *Sie [seine Mutter] hatte sich (mehr oder weniger) bewusst in einen Käfig eingeschlossen, aus dem es nach ihrer Meinung kein Entrinnen und keine Lösung gab.* Dem gegenüber war ich im Luxus großgeworden. – Ein Kapitel in seinem Buch *Poems, Visions, Reflections* hatte Bruloff überschrieben: *Searching for a God and a country.* Er hatte sich mit Amerika sein Land ausgesucht. – *That is the Frenchman in me,* hatte er über seine lyrischen Versuche auf Französisch geschrieben?

Es war schön mit ihm im Maifeld. Er freute sich, uns in seinem Haus zu haben. – „Manchmal fühle ich mich allein", sagte er.

Wir gingen nach draußen und nahmen die Straße, die zum Horizont mit den erloschenen Vulkanen der

Eifel führte. Der blaue, wolkenlose Himmel schien unsere Belohnung zu sein. Wir gingen bis zu einem kleinen Dorf und kehrten dann um.

Landschaft

B ruloffs Denkweg war ein anderer als der von Leibniz. Leibniz hatte Gott einfach gesetzt, und
Bruloffs Weg in die Transzendentalität führte in einem
großen Bogen um Leibniz herum. Eigentlich mochte er
keine Leute, die so dachten wie Leibniz.

Die Erfahrungen und Gedanken, die Bruloff in seinen
Büchern und Gesprächen mitgeteilt hatte, konnten nur
Leute machen, die etwas Ähnliches (Korea-Krieg, Irak-
Krieg oder Vietnam) durchgemacht hatten. Im Alter ver-
gaßen die Menschen es und beschäftigten sich mit ihrer
Pension oder ihren Hobbys.

Am nächsten Morgen wollten wir einen Ausflug
machen.

Bruloff fragte: „Maria Laach oder das Maifeld?"

Alle schrien sofort: „Maria Laach", aber Bruloff setzte
sich mit seinem Plädoyer für eine Fahrt durchs Maifeld
durch.

„Wir wollen nach Fraukirch", sagte er. Das war ein
kleiner Ort kurz vor Mendig, in dem man die Wall-
fahrtskirche St. Maria nicht vermutet hätte. Keine ver-
geistigten Figuren, sondern bockende Pferde und vier-
schrötige Knechtsgesichter blickten uns an. Dass es 1646
schon solch realistische Steinfiguren gegeben hatte! Die
geschwungene Ebene mit den Felderkarees erinnerte
mich an die Gegend, in der ich großgeworden war. Überall sah man Spuren der gewaltigen Vulkanausbrüche.
Die Vulkane von Maria Laach hatten fast das gesamte
Rheinland unter Bimsstaubschichten gesetzt. Heute wird

überall dieses vulkanische Gestein abgebaut. In Mendig stiegen wir dreihundert Stufen hinunter in die langen unterirdischen Kavernen, die nach dem Abbau zurückgeblieben waren. Bruloff, der wegen seines Fußes oben hatte warten müssen, sagte, jetzt seien wir wirklich auf dem Seelengrund. – Ich hatte das Gefühl, dass er uns nicht ohne Absicht hierhergeführt hatte. – Wir fuhren über Mertloch zur Burg Pyrmont, wo ich als junger Lehrer zusammen mit einer neunten Klasse den Eingebildeten Kranken aufgeführt hatte. Ich erzählte Bruloff davon, und er sagte: „Sehr schön!" – Victor Hugo habe über die ganz in der Nähe liegende Burg Eltz gesagt: *Hoch, großartig, fremd, düster – ich habe noch nichts Ähnliches gesehen.*

Wir gingen einen Hang hinunter. An einer renovierten, behäbigen Dorfkirche vorbei. Direkt daneben das Bruchsteinhaus eines Großbauern: Im Hof zwei große Traktoren. – Am Ende des Dorfes ein paar kleine, abgeblätterte Fachwerkhäuschen. Die Gasse des Neubaugebietes. Zwischen die neuen Häuser eingequetscht, kleine Ziegelhäuser. Das Sträßchen weitete sich ins Unendliche, die Felder! Ab und zu ein paar kleine Wohnhäuser mit Flachdächern. – Und dann war man wirklich in der Eifel.

Alle waren müde und sehnten sich nach einem Café. Wir fanden es zwischen Fraukirch und Minkelfeld.

Am Abend hörten wir zusammen mit Bruloff Muddy Waters. Schon der zweite Song war ungeheuer. Die langen Pausen zwischen den dreizeiligen Bluessätzen, seine gewaltige, zu Herzen gehende Gitarre, dazu die mouth harp, die sich aus dem Hintergrund in einen süßen Ton nach oben wand. Es strahlte in mir, als die Titelzeile von Muddys emotioneller Stimme immer wieder wiederholt wurde. Man glaubte, man müsse weinen. Aber ich blieb ruhig. Tatsächlich stiegen aber Tränen in die Augen. Die mouth harp, durch das Mikro verstärkt, stieg in den ganzen Körper. Düsternis, aber keine Hoffnungslosigkeit. Die Wendungen, die die Mundharmonika machte, hätten Free Jazz sein können. Der Weg in die Freiheit. Man konnte den Song und die Töne der mouth harp kaum ertragen. – „Beherrschung", sagte Bruloff, der von der Bluesmusik genauso ergriffen worden war wie ich, die Arme vor dem hochgezogenen einen Bein verschränkt. – „Nicht düster und nicht schwer", sagte ich. – „OK", sagte Bruloff. – Warum war ich nach dem Song so leer geworden? Blues, das waren Sternschnuppen. – Nicht nur die Gemeinsamkeit der Baumwollpflücker, sondern die Ruhe, die man spüren konnte, wenn man diese Musik hörte. Es war auch ein bisschen Zauberei.

Beim Frühstück begann Bruloff wieder einen seiner langen Monologe. Er sagte, es gebe keine Neurosen, die Neurose sei der Mensch. Familiäre Gewalt führe zu Missbrauch.

„Sie sind die alte Generation", sagte Angelika, „Sie sollten mal hören, was sich draußen tut. Vielleicht halten Sie es mit den Frauen wie die im alten China, die der Mann ins Bett trug, weil sie nicht selbst gehen konnten. Wollen Sie leben wie die Schmetterlinge?"

„Nur Dummheiten im Kopf", sagte Bruloff.

„Wenn ich das Wort schon höre", sagte Angelika.

„Tolstoi hatte in seinem Roman Krieg und Frieden ein ähnliches Mädchen ‚ein kleines Unkraut, aber doch liebenswert' genannt", sagte Bruloff, „wenn Sie nicht die geistige Beziehung zu ihrem Mann suchen, geht alles flöten."

„Geben Sie mir einen Grappa", sagte Angelika, „auch wenn es das Frühstück ist. Man darf Ihre Philosophie gar nicht erst ernst nehmen."

Bruloff sagte, er wolle uns seine ehemalige Arbeitsstätte zeigen, die Fachklinik in Heidenroth. Angelika wollte lieber den Rhein hinauf, bis nach Linz, wo es, fünf Minuten den Berg hinauf, Felsengestein gebe wie in Jugoslawien. Außerdem würde sie gerne den Schwarzen See, ein kleines grünes Wasserloch tief unten im Felsen, sehen.

Bruloff fragte: „Wie soll ich mit meiner Prothese da hochkommen?"

„Wir fahren bis ganz nach oben!" sagte Angelika.

Dattenberg war ein kleines Felsennest oberhalb von Linz. Inzwischen war es aber auch schon der Einzugsbereich des nahen Bonn geworden. Die Preise für Häuser waren in die Höhe geschossen. Wir sahen uns das Dorf an, und selbst Bruloff mit seiner Prothese kraxelte mit. Er hatte uns erzählt, er sei immer in seinem Leben mit dabei gewesen. Trotz seiner Prothese und seiner Krücke.

Bruloff hatte am Abend gesagt: „Dass Natur und Gott zweierlei sind, wird kein denkender Mensch verneinen. Gott hat den Kosmos in Gang gesetzt, und er läuft weiter wie ein Uhrwerk. – Dass Typen wie Newton die Essenz dieses Uhrwerks formulieren konnten!"

Als wir nach über einer Woche wieder zusammensaßen, erzählte Bruloff von seiner Zeit als technischer Direktor seiner Klinik in Heidenroth.

„«Ich war vor elf Jahren nach Deutschland gekommen und leitete jetzt diese Klinik. Man hörte von meiner Arbeit und bot mir die Stelle an. Heidenroth war eine alte Stadt, in Urkunden schon vor über 1250 Jahren erwähnt.

Ich war von der Ruhe der Eifel begeistert. Mein neues Haus stand nicht weit von einer ehemaligen römischen Villa. Meine Frau, deretwegen ich aus Amerika nach Deutschland zurückgegangen war, fühlte sich aber in der abgelegenen Klinik noch unwohler als in Amerika. Von Mainz aus waren es fast achtzig Kilometer nach Heidenroth. Wir machten dafür viele Kurztrips ins Rheinland oder Fernreisen. Aber letztendlich, *it seemed we lost the deal.* Wir vermissten die hohen Decken in unserem alten Haus, den Garten, die Rosensträucher und die Nähe zur Stadt. Dafür gab die Eifel Harmonie. *I felt again close to primordial nature, unspoiled, fresh, serene.* In der Klinik revolutionierte ich die Arbeit. Es gibt aber keine konfliktfreie *Leadership.* Wir arbeiteten ohne Medikamente, und ein paar Sektierer griffen uns an. Ganz wenige versuchten uns zu unterminieren: mit Glitter, intellektueller Fassade und Rhetorik. Ich erkannte, dass jeder Level die Funktion eines anderen Levels war. Ich war da der einzige in der Klinik. Die Lösung für unsere Klienten sah ich in Heirat, Beziehung und Arbeit. Dann werden die neurotischen Wege und nicht mehr gebraucht.»"

„Mein Gott", sagte ich, „sich durchsetzen in einer ganz neuen, großen Klinik, mit einem Bein und dazu noch in einem fremden Land!"

Höhere Mathematik

„*D*eutschland war mir schon immer nahe*", sagte Bruloff, „ich hatte eine deutsch-baltische Mutter und eine deutsch-baltische Ehefrau. Jede Person, auch ein Tier, nimmt sich selbst als akzeptabel wahr. Ich sah mich damals als gutaussehend, intelligent, stabil, begabt, attraktiv, spirituell. Ich hatte meine Ideen darüber, wie ich in den Augen anderer wirkte. Ich kenne auch meine Schwächen, die Löcher in meinen Zähnen, verstand zu wenig von höherer Mathematik. Dazu Krankheiten, Angst! Abends zeichnete ich, schrieb Verse, komponierte oder ging schwimmen. Ich suchte Frauenliebe, obwohl ich verheiratet war. Die meisten Menschen verbringen zu viele Jahre mit Zögern und ziehen Grenzen, entweder ihre eigenen oder die der Anderen. – Ich begann Münzen, Briefmarken und alte Möbel zu sammeln. Die Möbel hier in meinem Haus hier reichen von Barock bis Biedermeier."

Nach dem Frühstück erzählte Bruloff, wie es in Heidenroth weitergegangen war. Ganz ohne Konflikte sicher nicht. Er hatte Gallensteine bekommen und war operiert worden. Er hatte im Krankenhaus viel Besuch. Aber nach der Operation waren alle Beschwerden weggeblasen. Ich hatte ihn damals auch besucht. Er hatte mir, im Bett liegend, einen einstündigen Vortrag gehalten. So sehr hatte er sich gefreut. – Er erzählte, in der DDR musste der Alkoholkranke die Verantwortung für sich selbst übernehmen. Er war dort *a socially negative type of behavior.* Alkoholismus behinderte die Arbeiterklasse und die

Prinzipien des Marxismus. Aber in der ganzen Welt war der Alkohol sozial integriert.

Bruloff akzeptierte sowohl die physikalischen Gesetze von Newton bis Heisenberg als auch Spiritualität und Aura. Da standen wirklich Sätze wie *wanderings of emancipated souls, apparitions taking place* in seinen Büchern. Natürlich wussten alle, dass wir nicht hinter den Schleier der *maya* blicken konnten. Als Erklärung für seine Auffassung gab es nur Bruloffs Russentum.

„Alles" schließt alles ein

„**U**nd das alles hast du alles erlebt?" fragte Marina. „Ja", sagte Jason, „alles erlebt!"

Dieser Bruloff muss ein unglaublicher Scharlatan gewesen sein. Wie überall! Vielleicht war er nicht einmal Mediziner. Das kann heute keiner mehr nachprüfen! Was ist aus deiner Frau geworden?"

„Geschieden", sagte Jason, „und wie war dein kreatives Schreiben?"

„Reizend", sagte Marina.

Sie hatte sich eigentlich vorgenommen, ein unveröffentlichtes Prosastück zu lesen. „Die Verwirrungen des Antiquars". Dann hatte Gertrud angerufen. Die hatte Schwierigkeiten mit ihrem Herzen und war gerade noch am Schrittmacher vorbeigerutscht. So hatte sie das Manuskript vergessen und ….

Sie erhoben sich, kleideten sich an, fuhren zum Essen in das Restaurantschiff *Tumska-Slodowa*, und jeder aß etwas Polnisches.

Vom Nebentisch hörten sie Männerstimmen. Deutsche.

Einer wies auf eine junge Frau am Nebentisch und sagte: „Friseur ist Voodoo! – Alles ist Voodoo!"

Sie versuchten wegzuhören.

Nach dem Essen gingen sie an der Oder spazieren. Als wäre es Essen, was ihr fehlte.

„Willst du noch ins *Doktor Brew*?" fragte er.

Marina sagte, sie wolle zurück in seine Halle, drängte sich im Gehen an Jason.

In der Halle ging ihr Gespräch weiter.

Dies ist ein Körpergehäuse, dachte sie, ich hör nur Stimmen, den Klang, Höhe, Rausch. Botschaften fliegen wie Fetzen, in denen ein kalter Ostwind weht. Ich sehe Licht, Liebe, da gingen die Uhren noch anders, da gab es noch erfüllte Zeit. Jetzt habe ich nur noch Angst, zurückgestoßen zu werden. Zu zweit! In lauter kleinen Partikeleinheiten, unaufhaltsam dem Ende zu. Jetzt habe ich schon zu viel preisgegeben. Mich am Ende vielleicht lächerlich gemacht. Jemand in meinem Alter sollte wirklich gelernt haben, seine Phantasien unter Kontrolle zu haben.

Sie sprachen über eine gemeinsame Zukunft. Jason entdeckte im Gespräch mit ihr viel Fatalismus, so dass er erstmal schwieg. Marina war beleidigt, und er musste sie wieder versöhnen. Man brauchte sich doch nur die Fernsehnachrichten anzusehen. Und bei dieser schmalen, großen Frau eine Schwangerschaft? Sie waren beide nicht arm, aber auch nicht reich. Er hatte vor kurzem geerbt. Sie würde eine gesunde, attraktive junge Mutter werden. Warum machte sie sich nach so kurzer Bekanntschaft Gedanken über eine gemeinsame Zukunft? Nun ja, er war älter als sie. Er hielt sich im Augenblick als Lastwagenfahrer über Wasser.

„Ich bin müde", sagte er. Sie zog sich an und fuhr nach Hause.

Sie legte sich in ihr Bett, das für sie viel zu breit war. „Bewahr mich vor dem Absturz", dachte sie. Sie hatte Kopfschmerzen, aber es gab ja noch Gelonida. Diese Abende allein, sie fürchtete sich vor dem Bett und dachte, dass es für eine Ehe vielleicht doch nicht zu früh wäre. Tod und Teufel würden sie nicht davon abhalten, darüber nachzudenken. Sie hatte in Deutschland noch einen Liebhaber in petto und war hier am ersten Abend mit einem ins Bett gegangen. – „Junge Frau, Mitte zwanzig?" Nein, das würde sie nie tun. Sie war ein wenig betrunken und kroch auf allen Vieren durch ihr Appartement, um die Balkontür zu schließen. – Man wusste nicht, wie die politischen Verhältnisse sich entwickeln würden. Da war es vielleicht ganz gut, eine sichere Zukunft zu planen. Jason zog sie sehr an, geistig und körperlich. – Vielleicht wollte er eine Distanz zwischen sich und sie legen. Sie sah sich schon an einem großen, dunkel gebeizten Küchentisch Marmelade einkochen.

Im Frühsommer würden sie sich in Danzig einen kleinen Badestrand suchen, einen ganz kleinen. Danzig war schön. Auch ein Spielcasino. Sie würde höchstens mal gucken gehen. Alles auf die sechsunddreißig! Konnte sich nicht vorstellen, dass irgendjemand ihr deswegen einen Vorwurf machen würde. Nee, was für Leute hingingen! – Wenn man bedachte, wieviel öffentliche Gelder in die Casinos gepumpt wurden. Vieles bekam man sowieso nur am Rande mit, zum Beispiel an den Baccara-Tischen. Da hört man die Stecknadel fallen. Leute, die im Leben nichts zu machen brauchen und sich einen kleinen, künstlichen Kitzel verschaffen. – Die Weiber: Lauter Glitzer! – Polen war eben schön und mal was anderes! Und alle halbe Stunde wechselt der Chefcroupier. Der ist dann vollkommen geschafft. Muss ja total konzentriert sein, auch gedächtnismäßig. Da war schon manches Unglück passiert. – Ihre Gedanken versickerten, und sie begann, über die Beziehung nachzudenken. Jason hatte eine Alarmanlage in seiner Halle, aber sie war ohne Schwierigkeiten hinausgekommen. Seine Halle hatte immer im Halbdunkeln gelegen. Jedes Mal, wenn sie neben ihn schlüpfte, hatte er die Nachttischlampe ausgeknipst. Wortlos war er zu ihr gerutscht und hatte den Arm um sie gelegt.

„Ich bitte um Entschuldigung!" sagte er.

„Wofür?" fragte sie zurück.

„Du hast bestimmt einiges mitgemacht", sagte er.

„Ich bin sicher, dass ich dir verzeihen kann, du Lump", sagte sie, umarmte ihn und flüsterte: „Du wirst dich ordentlich ins Zeug legen müssen." – Und die Philosophie? – In der Philosophie sammelten sich alle, die mit dem Alten und dem Neuen etwas Seelenherrschaft über ihre Adepten bekommen wollten. Sie hatte ihn in der Nacht gefragt, was er tun würde, wenn sie in ihre Menopause hineinkäme. Sie hatte vorausgesetzt, dass er solange mit ihr zusammenbleiben würde. Er hatte nichts gesagt, und erst ein paar Tage später war ihm der Hintergrund ihrer Frage aufgefallen. So ging es vielen Menschen. Frauen hatten doch immer mehr Scharfsinn als Männer. – Ihre Gedanken pausierten für einen Moment, und sie hatte das Gefühl, sie ginge eine Treppe hinauf. Sie glaubte, sie höre die Blues-Stimme von John Lee Hooker. Dessen archaischen Gesang, seine Gitarre und die raumhallenden Gesänge seines Mundharmonikaspielers. Sie hatte nicht gewusst, dass ein Mensch ein Gefühl von solch warmer Nähe an einen herantragen könnte. Auch wenn es eine CD war. – Sie dachte an ihren Vater. – „Ein Vater, der gegen Hoffnungslosigkeit ankämpft, ist ein notwendiges Übel" hatte Joyce geschrieben. Sie knirschte vor Wut, wenn sie sich an diesen Satz erinnerte. – Ja, die Philosophie! Jason hatte eine merkwürdige Art, über Platon zu sprechen. Im Bett: „Pferdsein ist das Was-Sein des

Allpferdes." Ihr fiel nichts mehr ein! – Sprache, ja! Damit konnte man alles machen, auch Philosophie. Dann konnte man auch das machen, was Cissy Mc Dowell mit zehn Jahren im „Ulysses" gemacht hatte, sich mit roter Tinte Männergesichter auf die Nägel malen.

Eine Woche später setzten sie sich auf sein Motorrad und fuhren nach Oberschlesien. Seine kräftigen Hände auf dem Lenker, der Motor war laut. Er hatte ihr nicht gesagt, wo es hingehen sollte. Sie musste ihn fest umfassen, und beide wurden auf den ungeteerten Landwegen ziemlich durchgeschüttelt. Hier waren die Wege tatsächlich noch reparaturbedürftig. Sie hatte keine Angst. – Vor den Staubwolken, vor der Gefahr. Zweimal hatten sie eine geschlossene Scheune geöffnet, um dort zu übernachten. *Wie Tiere in solchen Momenten sind.* Die ganze Nacht hatte er sich an ihrem Vlies festgehalten. In den Städten aßen sie bei McDonalds, auf dem Land brieten sie sich Wildkaninchen, die sie sich aus den Fallen holten. Er fuhr gut und sicher. Er war ja als Lastwagenfahrer ausgebildet. Sein intellektueller Charme zog sie immer wieder an. Auch wenn sie in den manchmal kalten Nächten im Heu lagen. Sie besuchten den St. Annaberg und die Silbermine in Tarnowitz. – Sie hatte bemerkt, dass er wieder trank. Sie hatte in den Ritzen zwischen den Matratzen kleine Fläschchen gefunden. Darauf stand „Kleiner Feigling" oder „Tu dir wohl"! – Die Fläschchen standen in den Getränkemärkten direkt neben der Kasse. – Man brauchte nur zuzugreifen!

Es gab in der zweitausendjährigen Philosophiegeschichte viele Sackgassen. Man durfte sich dadurch nicht vom eigenen Denken ablenken lassen. Wie das Transsubstantionsdogma das Denken der besten Philosophen vor Kant, der Scholastiker, vergiftet hatte. Erst Wilhelm von Ockham hatte die Philosophen wieder auf einen vernünftigen Denkweg gebracht. – „Vernünftig?" – Alle Denkformen und Denkmodule waren „vernünftig"! Für jeden! – Vielleicht gab es im Inneren mancher Menschen eine Welt, die sich überhaupt nicht sprachlich etikettieren ließ? *Mit der menschlichen Persönlichkeit ist schon von Natur aus etwas nicht in Ordnung,* hatte Stanley Kubrick gesagt. – Vielleicht hatte der Dalai Lama recht. Es gab keinen Sinn im menschlichen Leben, und man sollte seine tägliche Arbeit machen. – Meditation? – Aber ohne Worte und ohne etwas Philosophie war das nicht möglich. – Jason hatte das Gefühl, dass alle seine Philosophie im Denknetz von Marina aufgefangen wurde. – Sie hatte im Laufe ihres Zusammenseins einiges aus ihrem Leben erzählt. Er wollte wissen, mit wie vielen sie schon zusammen gewesen war. Sie sagte: „Ein paar!" – „Erzähl mir von ihnen", hatte er gesagt. Sie hatte ihre ganze Emotionalität im Kopf unterbringen müssen.

Was sollte diese Fragerei? Nachher musste sie noch ihre Handtasche öffnen. Die Nächte in der Halle auf dem Matratzenlager. Die drei Wochen in Oberschlesien, hinter ihm auf diesem riesigen Motorrad. Es war ein Komplott, eine Intrige, die irgendjemand gegen sie gesponnen hatte. Gleich am ersten Abend in einer fremden Stadt mit einem fremden Mann ins Bett. Vielleicht hatte er nur ihre Identität klauen wollen. Vielleicht war sie für ihn auch nur ein gieriges, selbstsüchtiges Wesen gewesen, weil sie gleich beim ersten Mal mitgegangen war. Sie hatte wehrlos gewirkt, auch sympathisch. Er hatte ihr am Schluss des Philosophiegesprächs gesagt, dass die ewigen Wahrheiten die Gedanken Gottes seien. Das habe jedenfalls Leibniz gemeint. Sie hatte keine Lust, im Traum eines anderen Wesens zu leben. Warum hatte er sie überhaupt mit nach Hause genommen? Vielleicht würde er ihr im nächsten Augenblick seine Lastwagen-hände um den Hals legen. Obwohl sie gleich mit ihm mitgegangen war, hatte sie das Gefühl, ein anständiges Mädchen zu sein. Die Welt war voller Schweine. Sie hat-te ihm auch ein paar Lügengeschichten erzählt. Aber er hatte die faulen Stellen sofort herausgefunden. Große Rosinen hatte sie nicht mehr im Kopf. Sie musste sehen, dss sie hier wegkam.

Sie gingen noch einmal an der Oder spazieren, und Jason sagte zu ihr, sie habe Augen wie ein Engel. – Fiel man auf so eine plumpe Schmeichelei herein? Er war hübsch, stark und nett, aber man konnte sich auf seine Komplimente nichts einbilden. Sie wusste: Eine Sekun-de der Vernunft und sie würde ihn für immer verlieren. Wie unbefangen er sich das Haar aus der Stirn strich. Sie gingen über den Salzmarkt, und sie hatte das Gefühl des Ungewissen. Sie war eine Studentin, Cordhosen, dunkel-grüner Pullover, darüber ein offener Anorak, geschminkt, langes Haar. Für ihn vielleicht ein Studentenmäuschen. Besser als die Modelmäuschen in den Restaurants. Geborene boyscout, die liebte, was sie fing. – *Nehmen Sie doch noch ein paar Flinsen*, hatte der Kellner gesagt. Sie fühlte sich wie ein Spielautomat. Er wollte in seine Halle fahren, aber sie sagte, sie wolle nach Hause. Er tat es, und sie legte sich, ziemlich betrunken, ins Bett. Die Welt ihrer Träume. In einem Nachthemd von Zuhaus. Sie nahm ein Buch von Nachttisch und versuchte zu lesen. Aber nach einer Minute legte sie es wieder zurück.

Sie hörte die Katze ihrer Nachbarin und auch wie ein Schlüssel ins Türschloss gesteckt wurde.

Sie setzte sich im Bett auf. Die Tür ging auf.

„Jason?" rief sie.

„Ich bin da", sagte er, „hast du getrunken?"

Marina Schöller, verehelichte Hambrock, sechsundzwanzig Jahre alt, hübsch, gut gebaut, mit dicken schwarzen Haaren, ein Meter fünfundsiebzig groß, besondere Kennzeichen: Geheimnistuerin, Philosophin, Dickkopf. Von ihrer frühen Ehe hatte sie Jason nichts erzählt. Sie hatte zu ihm gesagt: „Ich erzähle gerne Geschichten." Im Übrigen waren alle Denkmodule von der Philosophie aufgedeckt. Sie log gut und unauffällig. Ihre letzte Chance war das nicht. – Zeit, der Realität ins Auge zu schauen. – Sie würde bekommen, wonach sie sich sehnte, einen angenehmen Gefährten, angenehme Lebensumstände, Ferien. Die Sehnsucht nach etwas Wildem, Ungezügeltem. Es war keine Mesalliance. – In eine normale Familie hätte sie sich auch hineindenken können. Sie hatte Einfluss gewollt. Die Klinik in Heidenroth hatte bei diesem Mann nichts bewirkt. König Alkohol!

Über den Autor

Jens Korbus studierte Germanistik, Philosophie und ein bisschen Schwedisch. Er war Assistent am Germanistischen Institut der Universität Düsseldorf und ging dann in den Schuldienst. Für seinen *Brief an Goethe* bekam er einen der höchsten Literaturpreise in Rheinland-Pfalz, den Fachinger Kulturpreis. Seine Veröffentlichungen umfassen 35 Bücher, acht davon über Goethe, dessen Umfeld und Motive aus dessen Werk. Darüber hinaus hat er auch einiges über seine Heimatstadt Koblenz und über Ostpreußen geschrieben, das Land, aus dem seine Eltern stammen.

Weitere Bücher von Jens Korbus

Jakob van Hoddis
und andere Erzählungen
212 Seiten
ISBN 978-3755742494
€ 12,50 (Taschenbuch)
€ 2,99 (Ebook)